画眉

苑彬 著

PAINTING THE EYEBROWS

敦煌文艺出版社

图书在版编目（CIP）数据

画眉 / 苑彬著. —— 兰州：敦煌文艺出版社，2019.1（2023.1重印）
ISBN 978-7-5468-1685-2

Ⅰ.①画… Ⅱ.①苑… Ⅲ.①话剧剧本－作品集－中国－当代 Ⅳ.①I234

中国版本图书馆CIP数据核字（2018）第302486号

画眉
苑 彬 著

责任编辑：曾 红
装帧设计：李 娟 禾泽木

敦煌文艺出版社出版、发行
地址：（730030）兰州市城关区读者大道568号
邮箱：dunhuangwenyi1958@163.com
0931-2131373 2131397（编辑部） 0931-2131387（发行部）

三河市嵩川印刷有限公司印刷
开本787毫米×1092毫米 1/32 印张5.5 插页2 字数120千
2019年7月第1版 2023年1月第2次印刷
印数：3 001～6 000

ISBN 978-7-5468-1685-2

定价：36.00元

如发现印装质量问题，影响阅读，请与出版社联系调换。
本书所有内容经作者同意授权，并许可使用。
未经同意，不得以任何形式复制转载。

Contents
目 录

001
画眉

059
左徒

127
三锭金

【大剧场话剧剧本】

画眉

Painting the eyebrows

苑彬

第一场

【黑寂中,一阵隐隐的"杀"声从远处传来,虽微弱却有蔓延之势。
【接着响起柔美婉约的箫音。
【"杀"声片刻后隐退,这才叫人开始仔细关注充满箫音的世界。
【舞台前区灯亮。吴起身着一袭麻布衣衫,正用柳枝为思姜画眉。

思　姜:杀声远了……

【吴起凝神静气,显得很专注,没有理会思姜。

思　姜:楚国的军队一定是在溃败。

【吴起仍不搭话。

思　姜:(还是忍不住)你说——

吴　起:不要说,用耳朵听。

思　姜：听什么？

吴　起：楚军至少已退到五里之外。其实何必追那么远，几万人相互冲撞，逃出去一里，就已经溃不成军了。（放下柳枝，取过铜镜，颇有兴致地）娘子请看，这就是烟云眉，比蛾眉短，比昨日画的望月眉要朦胧一些。

思　姜：烟云眉……果然有韵致。

【吴起看着思姜，被她的生动吸引，忍不住吟唱起来。

吴　起：（唱）

芳萱初生，

知是无忧。

双眉画成，

能就郎抱……（注：改编自《乐府诗集》中的"芳宣初生时，知是无忧草。双眉画未成，那能就郎抱？"）

【抱住思姜。

思　姜：你唱的是什么？

吴　起：这是吴地的一首民间俗曲。可惜孔丘那本《诗》只留下三百篇，许多真性情，倒尽被删去了。

【一阵马蹄声。

思　姜：你听！

吴　起：这是胜利的呼喊，军士们回城了。

思　姜：多亏了你的妙计，你是大英雄，我的吴郎。

吴　起：呵，也就只有你说我是英雄。

思　姜：那还不够么？别人都进不了我的眼里，只有你能住在心里。（悄悄拿出一件缝制好的皮甲，抖在吴起面前，似乎是给他的奖励品）你看，我偷偷为你缝的。

吴　起：皮甲！（由欣喜转而沮丧）可我什么时候才能穿上它呢？日出而作，日落而息，我不甘心哪！

思　姜：会有那一天的。答应我，等到你登台拜将，进爵封侯的那一天，不要忘了穿上这件皮甲。

吴　起：我知道，你是在为我宽心。

思　姜：你答应我。

吴　起：我答应。当年我离开家时曾立下重誓，此生若不为卿相，决不再踏入家门一步。后来我在齐国遇到你，你随我一同来至鲁国，伴我学儒习武，艰苦度日。思姜啊，我怎么能忘了你！

思　姜：吴郎，不求锦罗玉食，只求有你画眉。

【思姜说得情真意切，两人痴情地对望着，此刻所有温暖的情感都凝聚在两人的眼神之中。

【马嘶声，公叔仿佛带着一阵风，兴冲冲上。

公　叔：吴兄，吴兄！

【叫声打断了吴起夫妇的思绪，思姜明理，下。

吴　起：（迎上）公叔贤弟。

公　叔：恭喜吴兄，贺喜吴兄。哦！（突然想到失礼，忙后退一步，长揖至膝）

吴　起：你我金兰之交，哪还用这些繁文缛节？

公　叔：吴兄见谅，只怪我为人愚钝，不如你那般从容。吴兄，几日未见，近来可好？

吴　起：无非是养蚕织绢。

公　叔：你真是技艺满身，让人佩服。怎么，不做泥陶了？

吴　起：泥陶不过是用来把玩的死物，不及这些蚕虫能叫我调配，有时用它们左右布阵，也是一种乐趣。

公　叔：你这是以蚕为兵，看来还是心在沙场啊。

吴　起：（苦苦一笑）你刚才说恭喜，不知有何喜事？

公　叔：这第一桩喜事嘛，当然是吴兄你谋略高妙。我向鲁君转达了你的建议，以老弱之卒驻守，楚军被假象麻痹，以为大军不在城内，于是急于攻城，我军看好时机大军杀出，楚军一触即溃。这可是和楚国交战以来的第一次胜利呀！

吴　起：意料之中，不足为喜。

公　叔：怎么，这不足为喜？

吴　起：兵家常事，不足为喜。

公　叔：那在吴兄眼中，何为喜事？

吴　起：鲁君没有提到招我入军吗？

公　叔：这倒没有。

【吴起有些遗憾。

公　叔：不过，鲁君提到了你。

吴　起：(急问)哦？怎么说？

公　叔：他问，吴起一介儒生，怎么却懂得用兵？

吴　起：你怎么回答？

公　叔：我说，吴起与我虽然同出于曾子门下，但他更喜好用兵，推崇兵法胜于……

吴　起：胜于什么？

公　叔：胜于礼乐。(略有歉疚)吴兄，我这样说，会不会与你有害？不讲礼乐是否妥当？这可是在鲁国呀。

吴　起：不错，这是在鲁国。(不气反笑)你恰恰说到了根本。那些束缚手脚的规矩，早就应该扔掉了。

公　叔：礼义廉耻乃国之四维，这也扔掉？

吴　起：问得好。这些年来，大国吞并小国，导致兵祸连连，他们屠城坑人的时候，讲没讲过礼义廉耻？诸侯囤积实力，僭越周礼，图谋称王，礼义廉耻又何在？战乱之世，强兵才是鲁国的根本。

公　叔：好了，吴兄，我辩不过你。

吴　起：(笑)不是辩,那些高高在上的,有几人能有这种眼光?(眼神中瞬间闪过得意之色)你刚才说这是第一桩喜事,那这第二桩呢?

公　叔：第二桩嘛,就是这个。(掏出一块青黑色黛石)此物名为黛石,磨碾成粉末,以水调和,可用来画眉。

吴　起：这是送与我的?

公　叔：这世间还有比你更懂得眉间风月的男人吗?

【两人大笑起来。

吴　起：不敢不敢,公叔见笑。其实这用兵——

公　叔：吴兄,你说的我不懂,兵法之事,可否到鲁君面前去说?

吴　起：求之不得,只可惜我吴起无缘面君啊。

【公叔畅快地笑了几声,颇有意味地看着吴起。

吴　起：(突然明白了)怎么,鲁君要见我?

公　叔：这第三桩喜事,鲁君传下口谕,明日他要当面听听你的将兵之道。

吴　起：这真是天大的喜事啊,多谢贤弟举荐!

公　叔：欸,谢我做什么。要不是你的计谋,鲁国岂能退去楚国大军?我不过做了个顺水人情。吴兄,你仔细准备,我还要赶回战场清点造册,不可久留。

吴　起：那就此别过,下次我们再纵论国事,聊他个痛快。

公　叔:最好有酒。

吴　起:怕你不来。

公　叔:请。

吴　起:请!

【公叔下。

吴　起:(沉吟)仔细准备……(端详黛石,不禁一笑)思姜,我与你画眉来。(下)

【前区灯灭。

第二场

【后区起光。
【鲁军营地。
【鲁穆公、公仪休及樊哲上。
鲁穆公：徐州一战，樊先生怎么看？
樊　哲：这个……（手足无措，想了想，欲跪）
鲁穆公：先生快请起，这是为何？
樊　哲：答话前，应先向君主行臣子之礼。
鲁穆公：欸，先生不必如此。
樊　哲：那怎么行，非礼勿言，不合礼教的话是不能说的。我是君主请来的先生，君主问我话前，也可向我执师生之礼，这样来往有序，循礼而动也。
鲁穆公：先生说得是。那么徐州一战，请问有何见教？但讲无妨。（鞠躬）
樊　哲：好好好，这样礼数就周全了。回禀君主，关于徐州一战，我没什么见教。

【鲁穆公和公仪休哑然。

鲁穆公:嗯……(说不出话来)

公仪休:樊先生,这三千名的楚军俘虏,依你看该如何处置?

樊　哲:这个……(犹豫,酝酿)相国,我该向你行什么礼呢?

公仪休:免了吧。

【使臣上。

使　臣:禀君主,吴起在营门外等候面君。

鲁穆公:宣。

【使臣恭敬地退下。

鲁穆公:樊先生,你可曾听过这吴起的名字?

樊　哲:对此狂生,倒是略有耳闻。听说他游学在外,母亲死了也不回家探望,曾子因此将他逐出师门。这吴生,真乃野蛮人也。

【吴起上。

吴　起:吴起参见君主。

鲁穆公:(打量)你就是吴起?

吴　起:正是。

鲁穆公:让你久等了。徐州之战,应该为你记下头功。

吴　起:吴起不敢贪功,胜利乃是千万将士用身体杀出来的,在下不过动动口舌而已。君主若要记功,当记在千万将士身上。

鲁穆公:不必过谦,楚军这次攻城失败,铩羽而归,你功劳不小。你要谢谢相国(指向公仪休。公仪休忙欠身向鲁穆公施礼)，那些文臣谋士，也有颇多的主意，若非相国慧眼识才，你的计策也未必会被采纳的。

吴　起：原来这位就是公仪休先生，吴起感谢知遇之恩。

公仪休：吴起，拜过这位樊先生。

吴　起：见过樊先生。

【吴起行长揖。樊哲不以为然，眼睛上斜。

公仪休：樊先生乃当今大儒，国君请来在身边咨以国事。

吴　起：请先生教诲。

樊　哲：不敢说教诲，有些道理倒是要说给你听听的。对国君目不可平视，只可仰视，腰身不可挺直，以此来显示国君的尊贵，这个道理你不懂吗？要像我这样，(做了个很卑微同时滑稽的动作)可是你呢，腰挺那么直，是可忍孰不可忍！不过，看在你没见过什么场面的份上，这等大节，我就不追究了。但你是读书人，连小节也不懂吗？君子无故，玉不离身，你为何不戴佩玉？

吴　起：玉嘛，也曾经有过一块，只是拿去换柳枝了。

樊　哲：听说你熟读兵法，通阴阳，晓五行，可为什么游说列国，却没有一个诸侯肯接纳你？

吴　起：那些因循守旧之辈，在他们眼中，我不过是一个异类。

樊　哲：不懂孝悌人伦，当然就是异类。

【樊哲一句话,说得吴起突然警觉起来。

樊　哲:听说你被曾子逐出师门,可有此事?

吴　起:有。

樊　哲:你母亲在家中病亡,你却不回去尽孝。丧母不归,可有此事?

吴　起:也有。

樊　哲:作何解释?

吴　起:吴起幼年外出求学,家母要我立下重誓,等到位列卿相之时,才可回家。六年后家母病逝,我虽然学业精进,但并未谋得一官半职,哪有脸面见家母遗容。我若回去,就是不守信;不回去,先生又说我不尽孝。请问先生,吴起是该尽孝,还是该守信呢?

樊　哲:这个……

【兵甲上。

兵　甲:禀君主,营外有一女子,自称是吴起之妻,前来……

樊　哲:前来什么?

兵　甲:前来送饭。她说,日已过午,她要在军营外,等吴起出去吃饭。

樊　哲:混账!这种事也来禀告吗?还不退下!

兵　甲:……是。(下)

樊　哲:真是山野村妇,君主召见,恩泽浩荡,她竟然还想着她男人的肚子。

鲁穆公:(笑了笑,对吴起)想不到你们夫妻之间如此恩爱。吴起,你不先出去见见她吗?

吴　起：娘子做的饭，是一定要吃的。可是樊先生刚才这"山野村妇"四个字，在下不敢领受。我妻知书达礼，做好饭菜不顾劳累送至军营，只身在外等候，难道这样想着我的肚子，竟也招惹到樊先生不高兴了吗？

樊　哲：（冷笑）好个知书达礼！我听说她是齐国人，乃是当初遭你诱惑，随你私奔来的。

吴　起：她情我愿，何谈私奔？一个女人放着富家大户的生活不过，随我流离转徙，受尽磨难，这等情义，岂是能诱惑来的？说到诱惑，我倒是听说先生对"坐怀不乱"颇有心得。

樊　哲：看来你对我也有所耳闻。（得意地）那夜暴雨不止，隔壁屋塌，我让隔壁女子进我房中避雨，女子坐在我腿上，我以衣服暖其身体，整夜未发生龌龊之事，此乃效仿前人坐怀不乱也。

【吴起大笑不止。

樊　哲：你笑什么？

吴　起：笑你不乱。你若不乱，怎么能让女子坐到腿上去？

樊　哲：你，你！

【鲁穆公和公仪休不禁也笑了。

公仪休：樊先生，不要动怒，我们是否先谈一些国家大事？

鲁穆公：相国说得对。吴起，今天叫你来军营之内，就是要让你看看我们鲁国的这些将士，是否是最忠诚的，我一声令下，他们都能慷慨赴死，试问这样的军队，哪个国家能战胜呢?

吴　起:恕我直言,为大将者,切不可有要属下赴死之心。为君者爱民如子,为将者爱兵如爱妻,民死君哀,兵亡将痛,将心比心,以情换情,这才是为将之德。

公仪休:爱兵如妻,妙极,妙极!你这见识远在老夫之上。君主,我看将军之职,老臣自此可以不再兼任了。

鲁穆公:相国不忙,樊先生似乎又有话要讲。

樊　哲:(先向鲁穆公施礼,再怒向吴起)为将之德?只讲德,请问忠在哪里?吴生,你是卫国人,如今侍奉鲁君,可谓忠乎?

吴　起:(大笑)孔丘乃鲁国人,先事齐景公,后为鲁司寇,还领受过卫灵公的俸禄,周游列国期间,陈、蔡、郑、楚,谁家的饭没有吃过。敢问先生,孔丘可谓忠乎?

樊　哲:你!你怎么敢直呼名讳,管圣人叫孔……

吴　起:名字嘛,叫不得吗?就如同我叫吴起,你叫樊哲,我们的名字叫得,他孔丘的名字,难道就要咽在肚子里?

樊　哲:(气得都要抖了)吴生无礼,吴生无礼!

吴　起:无礼,哈哈……无礼!

樊　哲:吴生不贤,吴生不贤!

吴　起:哈哈……不贤!记得当年,齐国倡优为定公跳舞。圣人以所跳舞蹈不符合礼仪为由,剁去倡优手足,治以轻视国君的罪名。在你们眼中,难道名誉胜过生死,礼仪胜过人命?这可是贤?这可是贤?

樊　哲:(气急败坏)你!这等巧言令色之徒,实不可用！君主，请准许我告退。

【鲁穆公一直关注着这场对话与反诘，说是关注，倒更像是欣赏。

鲁穆公：准。

【樊哲竟没想到鲁穆公说出了"准"字，窘迫至极。

樊　哲：(向吴起)你言语污垢，弄脏了我的耳朵，我去洗耳朵！(下)

【鲁穆公和公仪休似乎并不关心樊哲去留。

鲁穆公：吴起，现在私学正盛，诸子纷纷开坛授徒，讲仁政，讲兵法，讲自然。墨翟现在就在鲁国，讲授兼爱，你对此可有兴趣？

吴　起：天下兼相爱，爱人若爱其身，爱别人就和爱自己一样，试问天下谁人能做到？这不过是华而不实的学问。君主，吴起也晓人伦，知廉耻，并非什么异端，我不过是不想将学问做成空谈。如今战火四起，人如草芥，齐、楚等强国图谋鲁国久矣，百姓连命都没有，何必还要强迫他们修身立德。更何况，君主们自己，是否也在修身立德呢？

鲁穆公：(大笑起来)吴起，你好大胆，你好大胆！

公仪休：吴生……(突然向吴起行一长揖)

吴　起：(吃惊)相国，这是为何？

公仪休：请吴生赐教。

吴　起：相国，恕吴起斗胆而言了。方才君主问我，鲁国军士勇猛，这样的军队谁能战胜？可是，这不过是聊以自慰的说法而已。君主和相国，恐怕都知道如今鲁国境地堪忧吧?

　　鲁穆公:这……(与公仪休面面相觑)

　　吴　起:想当初周天子分封建国之时,鲁国位居诸侯之首,独享周天子之礼乐;时至今日,也是保存周礼最多的国家。那时诸侯来鲁观礼的场面,是何等壮观。但自齐桓公之后,齐鲁结下血海深仇,怎奈鲁弱齐强,两百多年来屡遭欺凌。其他诸侯见鲁国势微,纷纷表面修好,暗地里兵戈相向,以致祸乱频仍,楚国进犯徐州,就是最好的例子。

　　鲁穆公:那么你认为,鲁国自救之道又在哪里?

　　吴　起:所谓经礼三百,曲礼三千,不过都是些繁文缛节,那些说客口中的纵横之术,更是一时的权宜之计。整肃军纪,广聚财力,惠及于民,禁止空谈,强兵才是今后鲁国图谋霸业的根本。

　　鲁穆公:强兵,说得好!吴起,将衣物打上包裹,回家候命。

　　吴　起:小人叩谢君主。(下)

　　公仪休:这个吴起,把樊先生得罪得不轻啊。

　　鲁穆公:他本性不失,难得的是言语刁酸,但议论精准,一击必中又懂迂回之法,樊先生这种读死书之人,哪里招架得住。吴起……此人正合我意。

　　公仪休:如今朝中反对强兵之声甚烈,君主还要想办法应对才是。

　　鲁穆公:反对强兵不过是借口,世家大族还不是想把兵权掌握在自己手里,我已下定决心,早晚要将那些家臣武装尽数削夺,全部效命于国家,所以才需要吴起这样的人来做将军,替我执掌兵权。

公仪休:那今天君主叫樊先生来的意思是……

鲁穆公:自取其辱。

【鲁穆公开怀大笑,声洪气亮。

【鲁穆公与公仪休隐去。

【一隅起光。使臣上。

使　臣:国君诏曰:"君有威仪,民畏而爱,国有威仪,四方宾服。今争战益烈,天下无道,礼乐崩坏,有卫国人吴起,善谋兵道,甚合孤意,拜为大将军,即日起整肃军纪,守土开疆。公叔举荐有功,擢升为外史,掌四方之志,录恶臣之过,并随相国公仪休参事国政。"

【暗。

第三场

【箫声跳跃,欢愉。
【伍长上。
　　伍　长:押上来!
【兵甲兵乙押兵丙上,兵丁立于一旁。
　　伍　长:好大的胆,竟敢跑!跪下!
【兵甲兵乙按住兵丙。兵丙背向观众。
　　兵　丙:伍长饶命,伍长饶命!
【伍长伸手,兵丁递过来的非刀非剑,竟是一支笔。
　　伍　长:(接过笔)这叫什么来着?
　　兵　丁:大将军说,此物竹下有毛,在燕叫"弗",在吴叫"不律",楚国叫"聿"。
　　伍　长:(提笔想了想)你们谁知道蛾眉怎么画?
　　兵　甲:大概就像飞蛾。
　　伍　长:胡说,眉毛怎么能像飞蛾。
　　兵　乙:兴许像蚕。

伍　长：嗯……有道理,蚕。(笔走龙蛇,开始在兵丙脸上涂抹)你以为你跑得了?实在不是我要难为你,大将军有令,从上到下各级军官,师帅、旅帅、卒长、两司马、连我这个最小的伍长,都要学会干这个。我以前是凿石头的,从没在肉上刻过东西,咱们是出生入死的兄弟,刻得人不像人鬼不像鬼,你多担待吧。行了,给大伙看看!

【兵丙转回头来,脸上多了两条黢黑的长蚯蚓。

【众士兵放声大笑。

伍　长：不许笑!你们也要画。

众　兵：伍长饶命,伍长饶命!

【众兵逃散,兵丙正撞上公仪休。

【公仪休和公叔上。

公　叔：放肆!

【众兵噤声,单膝跪下。

伍　长：惊扰相国,请相国恕罪。

公仪休：营地之内,谁准你们吵嚷冲撞,不知道大将军正在整肃军纪吗?给我拿下!

伍　长：相国,这——

公　叔：拿下!

【众兵无奈,从地上揪起瑟瑟发抖的兵丙。

公仪休：等等,(惊奇地看见兵丙的脸,向公叔)今后征召兵员还要仔细选择,不能收留这种面目可憎之人。

伍　长：启禀相国,是属下的错。属下练习画眉,尚未掌握要领,才惊扰了相国。

公仪休:画眉?

公　叔:(反应过来,笑)相国,还记得刚才我们在营外发现的那些黛石吗?吴起为夫人画眉之事,在乡间之间,流传甚广啊!(问伍长)这一定是大将军的要求,对吗?

伍　长:正是大将军布置下来的。

公仪休:原来如此。(向众兵)大将军是想要你们从中去体会爱兵如爱妻的道理啊,难得他有如此的匠心。不要辜负了大将军,下去用心练习。

众　兵:是。

【众兵下。

【公仪休轻咳两声。

公　叔:相国的风寒又重了。

公仪休:不要紧,这把老骨头迟早是要埋进土里的。奇怪,以前看到兵员都是郁郁寡欢,如今怎么个个生龙活虎的。

公　叔:这是吴起简募良材,新建立的武卒。这些武卒能操弩挎箭,擅于骑射,一人入伍全家免去徭役赋税,有的还赐给土地房屋,所以这些武卒都是自愿来的,和以前那些放下锄头就上战场,还要自备粮食的兵员大不相同。

公仪休:听说昨天又颁布了新令。

公　叔:是,总共十七条禁令,除此之外,新令要求各级军官与士卒同食同住,卧不解衣,睡不枕席,随时保持警觉,举凡打骂士兵的军官,一律革职降级,重者诛杀。

公仪休:这个吴起,治军既宽又猛……(环顾)怎么一路之上不见一匹战马?

公　叔:战马已集数拉往城北,听说是要训练马阵。

公仪休:马阵?鲁国没有山林溪谷作为屏障,倒可发挥骑射,难道他要改车战为骑战?

公　叔:吴起做事一向不拘礼俗,不过,在下以为这件事……

公仪休:不要吞吞吐吐。你和吴起师出同门,倒没有他来得直爽。

公　叔:在下以为,骑射乃北方胡人的雕虫小技,学他们似乎有些肤浅。

公仪休:好的手段,但学无妨。公叔,做事不可短视近利,那样就是迂腐了。

公　叔:是。(酸溜溜的,又有些试探的口吻)在相国眼中,想必公叔总是不如吴起吧?

公仪休:怎么,你有些嫉妒他吗?

公　叔:相国何出此言?

公仪休:(笑了笑)当年吴起被曾子逐出师门,跟你没有什么关系吗?

公　叔:(脸色骤变)这……恐怕相国听到了些讹传。

公仪休:昨日我去拜访曾子,问他当初为何向我推荐你,而没有推荐吴起。他言道吴起有才无德,母亲病亡也不回家探望。世人皆知,曾子最恨不躬守孝道之人,而这件事,不是你暗中向曾子揭发的吗?不要忘了,我和曾子也是相识多年的朋友。

公　叔:我……

公仪休:我再问你,你与吴起相识多年,为何要等到颁布求贤令后,才举荐呢?求贤令上写明,举荐有功者一同升迁,你向国君举荐吴起,难道真的没有一点私心?

公　叔:在下……不敢。

公仪休:公叔,鲁国正在用人之际,国有危难,选拔人才重才能而轻品格。这是无奈之举。我留你在身边,是因为你可成为国之栋梁。不过我要提醒你,为人切不可猜忌。在这一点上,你与吴起都要小心。吴起果敢决断,可杀伐之心太重,如滚油之火,一心要名满天下。你沉稳冷静,但有些自负多疑,如一池不见底的深水。你们都要提防那心中的欲念,不可叫欲念被烈火燃烧,或被水流裹挟,那样会身不由己,铸成大错。

【公叔仍努力保持着谦卑之态,但可以看出他内心的惶恐。

公　叔:谨记相国教诲。

公仪休:还有,不要和那些世家大族走得太近,君主已经着手要废除世卿世禄的制度,将来任用官吏都要经考核而出,不能再世代相传了。所以,你就更要检点行为,等待委以重任。这些话,我将来也会对吴起说的。

公　叔:公叔谨记。

公仪休:走吧,你随我回府,有几封盟辞,还要即刻拟定出来。

【公仪休和公叔下。

【一阵凌厉的马嘶声。紧接着传来吴起的吼声。

吴　起:哪里来的马?

【吴起上。他身着甲胄,显得威武刚烈,已经看不到开场时的儒生之气了。那皮甲,正是开场时思姜为他缝的。

【伍长急上。

伍　长:启禀将军,是一匹惊马。

吴　起:怎么会有惊马?

伍　长:有人在军营外骑马,马受惊奔入军营,骑马之人从马上跌下,已被我们绑了。

吴　起:拖上来!

伍　长:是。(向后)拖上来!

【几个兵士推上狼狈不堪的樊哲。

樊　哲:(边走边说)孔子有六艺——礼、乐、射、御、书、数,御就是驾驭马车,我没有马车,不过是在练习骑马而已,你们懂不懂?(看见吴起)吴将军,你的手下太无礼了。

吴　起:原来是樊先生。(向兵)放肆,还不快给樊先生松绑。

【兵士松绑。

樊　哲:(不依不饶,向兵)我乃鲁君请来的客人,吃饭时就坐在鲁君右手,我要禀告国君,治你们的罪。

吴　起：樊先生息怒，不要和他们一般见识。

樊　哲：好，我不和他们计较，吴起，今天这件事你要给我个交代。

吴　起：我给先生赔罪。（长鞠一躬）

樊　哲：（满意了）嗯，吴起，看来你的头也是可以低下来的，这件事就算了。（向兵）你们现在去打草喂马，等马吃饱后再遛一遛，压完惊给我牵回来。（欲下）

【兵士犹豫欲下，吴起以手势制止。

吴　起：先生去哪里？

樊　哲：已到正午时分，你们这里没备些酒菜吗？

吴　起：粗茶淡饭，恐怕先生入不了口。

樊　哲：那就算了，我回府去。

吴　起：等等，先生还走不了。

樊　哲：走不了？

吴　起：我刚才以先生之礼向你赔罪，你也要回敬我才是啊。

樊　哲：（高兴）哦，你懂得礼尚往来，不错不错，说吧，我该还你什么礼？

吴　起：军营之礼。（大声）军法规定，惊扰营地，该当何罪？

伍　长：扬声笑语，蔑视禁约，驰突军门，此谓轻军，犯者斩之！

樊　哲：（向吴起）你！你要怎样？

吴　起：绑！

【众兵再次捆起樊哲。

樊　哲：吴起，你还要杀我不成？

吴　起：樊先生说的哪里话，你是国君的客人，我怎能杀你。但这死罪可免，活罪难逃，若我不带头遵守军法，今后还如何带兵？樊先生知书达理，不会让吴起在属下面前失信吧？

樊　哲：这……这……

吴　起：先生曾在我拜将之时百般刁难，吴起时刻以此鞭策自己，不敢忘记。来人，将樊先生的马拉往城北，编入马队。

樊　哲：这可是国君赠予我的马！

吴　起：再将樊先生带下去，好生照顾，不可打骂。

伍　长：请问将军，该如何处置？

吴　起：用清水洗面，你们正好用他来练习画眉。对了，要用上好的黛石。

伍　长：遵命。（推搡樊哲）走！

樊　哲：吴起，你好大胆！（叫嚷）我乃鲁君请来的客人，吃饭坐在鲁君右手……你们好大胆！你们好大胆！

【众兵推樊哲下。

吴　起：记住，对待客人，要客气些。

【信使上。

信　使：报！启禀将军，收到内报，齐国正集结人马，准备进犯成邑。

吴　起：楚军刚走，齐军又来。齐国派谁为将？

信　使：田忌为正，段朋为副。

吴　起：段朋那黄口小儿，不足为惧，倒是这田忌……

你速去找三名士兵,叫他们扮成齐国百姓模样,配以快马,日夜兼程赶往齐国,让他们在酒肆、客店、集市之上悄悄散播,就说鲁国最怕的齐国将军不是田忌,乃是张丑。齐国国君为人摇摆不定,他定会撤回田忌,换张丑为将。那张丑大张其词,实不通兵法。

信　使:只用三名士兵?

吴　起:谣言之事,三人足矣。你再传我将令,城外沿途二十里布下埋伏,挖好深坑,只等张丑长驱直入。这一战,如同打蛇的七寸,定要将齐国打得喊疼。

信　使:遵命。(下)

【内传来樊哲凄厉的喊声。

樊　哲:(内)疼!

【樊哲衣冠不整地跑上,全没有大儒风采。只见他脸上画满了粗细不均、长短不齐的眉毛。

樊　哲:吴起,你挟私报复,我受不得你如此羞辱,我要和你一起去面君!

【看着樊哲的狼狈相,吴起哈哈大笑。

【前区灯灭。

第四场

【一阵"杀"声过后,箫声悲凉,舞台后区灯亮。
【战场上的废墟。一股肃杀的气息。
【鲁国的士兵在检视尸体。
【思姜上。她看着战场上的情形,流露出些许不安。
【一队士兵执矛走过。

兵　甲:站住,什么人?(看清思姜,忙拜)参见夫人!

思　姜:这都是齐国士兵的尸体吗?

兵　甲:是的,夫人。

思　姜:这么多……没有活着的?

兵　甲:我军英勇,共杀敌两万,俘敌一万五千人。

思　姜:那些俘虏呢?

兵　甲:遵照大将军命令,已经尽数坑杀。

思　姜:什么?坑杀?

兵　甲:(见思姜神色惨淡)夫人是不是找大将军,

我们这就去禀告。（下）

【思姜似乎根本没有听到兵士的话。

思　姜：（自语）尽数坑杀，一万五千人……（即刻去查看士兵尸体，尚存留一丝希望）

【吴起上，后随传令官。

吴　起：告诉出击的部队，要将齐国败军一直追到成邑以外二十里，边追边打，路有缴械投降的齐军皆可沿途杀之。

传令官：遵命。（下）

吴　起：思姜，听说你来找我，有什么要紧的事吗？

思　姜：刚才看到你下命令，我觉得有些害怕。

吴　起：这里本来就不是你来的地方。我叫人送你回府。

思　姜：不，我想问你，为什么要坑杀俘虏？缴械投降的也要杀掉，吴郎，你的心怎么突然这样狠了。

吴　起：思姜，这是战场。齐国早已成就霸业，鲁国孱弱多年，以小打大，成邑这一战虽然取胜，但若不消灭掉齐国军队的有生力量，齐国重整战鼓，再度杀来，那时，鲁国连喘息的机会都没有啊！

思　姜：战场就是这样无情的吗？

吴　起：战如猛虎，虎必伤人。

思　姜：你也是虎吗？

吴　起：思姜，不要说小孩子话。这是我向诸侯展露才能的关键一战，所以，不战则已，战，则必叫诸侯敬畏，杀得他们只要听到我吴起的大名，就心慌胆颤，从此再不敢有进犯鲁国之心。我这只虎潜藏在深山那么久,等待的就是这一天! 思姜,你不为我高兴吗?

思　姜:我……害怕。

吴　起:怕什么?

思　姜:怕这种场面,怕这些尸体,也怕……你。你刚才的眼睛里,都是杀气。

吴　起:我手握重兵,身负国家安危,难道要像一个穷酸书生吗?那些文官只会以谄媚事君,而我要用我的战功!

思　姜:你这次的功劳一定很大,可你忘了,我也是齐国人。

吴　起:当初我们逃离齐国时,他们可曾想过你是齐国人?他们为什么就不允许我们在一起,为什么非要把我们逼走,难道就因为你是齐国人,而我是卫国人?我杀这些人,除了为国家,也为我们。

思　姜:为我们?原来你心里藏着这么大的仇恨。吴郎,这个将军能不能不做了?

吴　起:你说什么?

思　姜:我真的担心,不知道今后你会变成什么样子。

吴　起:思姜,这里风大,我看你还是去加件衣服吧。来人!送夫人回府。

【两兵士上。

思　姜:(哀叹)我可以回府,可他们(指尸体)回不了家了。

【思姜随兵士下。

吴　起：思姜啊思姜，你怎么不明白，我今后必定出将入相，现在才刚刚开始啊。上天赐给我一个好机会，能击败强大的齐国，令我吴起一战成名，吸引世人瞩目。你看着吧，我施展才能的机会将越来越多。母亲，你也在天上保佑我吧！

【伍长上。

伍　长：将军，成邑的百姓聚合在城外，前来劳军。

【民众涌上，跳《大武》。男人赤膊，前身画着刑天的图腾，乳为目，脐为口，左手握盾，右手持斧。舞蹈呈现出欢庆胜利的喜悦和冲决阻碍的勇武。

民　众：（吟咏）

於（音误）皇武王，无竞维烈。

允文文王，克开厥后。（注：选自《诗经·周颂·武》）

（唱）

精卫衔木，以填沧海。

我舞干戚，猛志常在。

【场面欢腾之中，伍长跑到众人中。

伍　长：这就是吴起大将军！

【民众惊讶，在敬畏中倒地叩拜。

民　众：——感谢大将军拯救了成邑！

——鲁国再也不用依附于其他国家了！

——大将军是孙武再世，孙武再世呀！

——用我们最隆重的礼仪，把大将军抬进城去！

【民众抬起吴起。随着人们情绪的狂热，场面再次沸腾。

【吴起开始表现得很谦逊,但即刻他就很心安地享受这种礼遇了。

【传令官上。

传令官:大将军,大将军……启禀大将军,相国公仪休风寒不治,突发疽疮,国君有命,请大将军速回。

【暗。

第五场

【相府。

【公仪休奄奄一息,坐靠在榻。榻上有方桌,摆着酒樽,但是酒樽被公仪休的身子挡着。

【公叔谨慎伺候。樊哲立于一旁。

公　叔:相国,好些了吗?

公仪休:(微微睁眼,低音叹息一声)老了……总是听到一阵杀声,可我竟然睡着了。公叔,成邑一战如何?

公　叔:杀敌两万,大破齐军。

公仪休:好,鲁国能安稳几年了。(看到樊哲)樊先生,还烦劳你来看我,我……我该向你行什么礼呀?

樊　哲:相国慢来,折煞我也。

公　叔:樊先生知道相国喜欢吃鱼,特意送来两条鲤鱼。

公仪休:还请樊先生将鱼拿回去吧,我今天要吃了你的鱼,今后若与你政见不同,怕连嘴都张不开了。

樊　哲：相国玩笑了，君子和而不同。鱼可吃，政见嘛，则是另一回事。

公仪休：和而不同，怕的是面和而心不和。

樊　哲：这……

【侍者上。

侍　者：相国，吴起将军前来探望。

公仪休：快请他进来。(侍者下)公叔，你替我送一下樊先生。

公　叔：是。樊先生请。

樊　哲：相国好好休养，樊哲告退。

【公叔与樊哲下。

【公仪休勉力起身，身形有些摇晃。

【吴起上。

吴　起：吴起参见相国，祝相国洪福。

公仪休：快快请起。将军如今名声大噪，鲁国今后还要仰仗你啊。

吴　起：吴起今天的一切，都有赖于相国的知遇之恩。

公仪休：今天想和将军喝几樽酒，不知道将军还有没有什么急事？

吴　起：相国的身体……

公仪休：我早已叫下人备好酒菜，专等将军前来，以后怕是很少有机会再坐而论道了。将军请。

吴　起：那就恭敬不如从命了。

公仪休：请。

吴　起：请。

【二人坐在榻上方桌前，举樽，喝酒。公仪休一阵咳。

吴　起：相国……

公仪休：(以手势拦住)欸，弥留之际，想向将军讨教一个问题。将军向来眼光高远，可否赐教老夫，人之在世，所为何来？

吴　起：赐教可万万不敢。人各有其志，就说我吴起，不求作皓首穷经的圣贤，只求出将入相；不想死后被人景仰，而要在活着时名满天下。居于陋巷而不改其乐，吴起是万万做不到的。

公仪休：好，将军真是坦诚。人活一生，犹如浮萍，不知将军对这句话如何理解？

吴　起：相国，吴起以为，人不是浮萍，而是实用的货物。

公仪休：货物？

吴　起：货物只有投入到集市中，才能显示出它的价值。人也是如此。那些达官显贵家中的门客，谁是高贵出身？哪个不是草民？他们若不把自己当作货物献与王侯，就更盼不到出头之日呀。

公仪休：若要碰到不识货的主人呢？

吴　起：与其隐忍偷生，不如另谋出路。相国，难道不该这样吗？

公仪休：(尴尬一笑)我们还讲君辱臣死，呵呵，看来在这个时代，人与物无异呀。可是，人若如物，忠又何在?孔子可是讲,臣事君以忠呀!

吴　起:忠也要讲是非,若无是非,岂不是愚忠?

公仪休:你说,愚忠……

吴　起:其实相国,凡忠必愚呀。

【公仪休似乎被这句话点醒,他看了看吴起,即刻陷入沉思。

吴　起:相国,相国……

公仪休:噢,吴将军,老夫头有些沉,就不送你了。

吴　起:……那吴起告退,相国早些休息。

【吴起对公仪休态度的变化感到有些突然,疑虑但又不好出口相问。下。

【公仪休靠坐榻上,仔细思量。

【片刻。侍者小步上。

侍　者:相国,国君驾到。

公仪休:快,快扶我起来。

【侍者去扶公仪休,此时鲁穆公已大步走上。

鲁穆公:相国,相国身体可好?

公仪休:参见君主。(欲跪,被鲁穆公扶起)

鲁穆公:相国快快请起。你我君臣之间一向是促膝而谈的。

公仪休:这大概是老臣给君主行的最后一个礼了。

鲁穆公:相国快别这样讲。因为方才接见楚国使者,所以来迟了,叫相国久等,实在是我的罪过。

公仪休:君主言重了。不知楚国使者此次所为何来?

鲁穆公：他送来楚国国君的一封信,信上说,楚国要与鲁国长期修好,永不进犯。

公仪休：我想过不了几日,齐国的使者也会带来同样的信。

鲁穆公：相国,我已派人将鲁国的名医全部集结在你府外,准备为相国诊病。他们若治不好你的病,我就把他们的头全都砍了。

公仪休：千万不可如此,而且老臣也用不着医生了。老臣靠这几杯酒撑到现在,就是有两句话要留给君主。

鲁穆公：相国请讲。

公仪休：君主仁明,以将相制取代世卿世袭,各级官员均由君主任命,防止将宗法关系混入国事,但那些功臣近亲的私家武装尚未完全削夺,须早日解除,将兵权掌握在自己手中,以防家臣作乱,此其一;其二,虽战事连连,对民仍需轻徭薄赋,不可与民争利。

鲁穆公：谨记相国教诲。

公仪休：这第三,(犹豫着)唉……

鲁穆公：相国尽管训示。

公仪休：刚才,吴起来探望我,臣本想给他一些提醒,倒不料被他说了个不知所措。君主,吴起野心勃勃,一心想成就大名,鲁国国小,我担心有一天,你要是满足不了他的要求,他势必弃鲁而去,诸侯虽不容他,但也要以防万一。吴起擅于用兵,对鲁国将是最大的威胁呀。

鲁穆公：相国的意思是……

公仪休：君主不可杀有功之臣，否则今后就不会有人再为君主效命了。

鲁穆公：那我该如何处置他？

公仪休：可用君王之术，（忍了忍，还是下定决心）君主近前来，老臣就再做下这一件愚忠之事。

【公仪休和鲁穆公隐去。

【一隅起光。使臣上。

使　臣：国君诏曰："相国公仪休，幼为博士，以高弟为鲁相。坚直廉正，奉法循理，知人善用。怀经天纬地之才，具安邦定国之术，负兼济天下之志。今相国卒，命礼官依照其行迹，追封谥号，表其在世之功，以寄寡人哀思。"

【使臣隐去。

第六场

【公叔上,后随樊哲。

樊　哲:大夫慢走,大夫慢走。

公　叔:噢,樊先生。

樊　哲:恭喜大夫,贺喜大夫。

公　叔:哪里来的喜事?

樊　哲:大夫没有听到消息? 相国临死前,曾安排下了接任相国的人选。

公　叔:这与我有什么关系吗?

樊　哲:相国向君主建议,你与吴起二者可选其一。

公　叔:真的?! 吴起带兵打仗,当个将军还可以,要论治国之道,他可未必懂。

樊　哲:所以我才向大夫道喜呀。

公　叔:吴起刚刚立下战功,使鲁国立稳根基,二者选其一,在下恐怕捞不到什么便宜。

樊　哲：事在人为。我是站在你这边的。还有那些世家大族，他们早就对公仪休恨之入骨——取消世卿世禄，这简直是更改祖宗之法。吴起乃兵家出身，若当上相国，必定帮助国君解除私家武装，推行公仪休之法。所以，鲁国的权贵们也会尽力支持你的。

公　叔：噢？樊先生是来当说客的？

樊　哲：于你有利，我自然来说。

公　叔：不过……有人支持，也总要国君许可呀。

樊　哲：大夫有没有想过，若吴起——（做了个杀的手势），不就没人和你争了？

公　叔：你是让我杀——（意识到失言，警觉地环顾四周）不妥，不妥。他手掌兵权，我怎么杀得了？况且，若我杀他，也会遭君主怀疑。

樊　哲：看来大夫还没学会不用兵杀人的学问。

公　叔：不用兵？

樊　哲：大夫可知，吴起心中的欲念，乃是出将入相，成就大名。当人被欲念主宰时，会将所有阻碍尽皆消灭，这也是他最容易犯错误的时候。

公　叔：阻碍？

樊　哲：大夫应该知道，齐国乃鲁国大敌，而吴起的夫人，正是齐国人呀，这就是他面前最大的阻碍。

公　叔：这有什么，他写下封休书，休掉妻子，不就可以了。

樊　哲：休妻不如杀妻。

公　叔：杀……谁杀？

樊　哲:当然是他。试想,无德之人,何以为官? 先叫他失德,再叫别人以德的名义除之,所谓不用兵也。

公　叔:这个……在下不知,樊先生为何如此记恨吴起?

樊　哲:(气急败坏)他纵容手下在我脸上画眉,斯文扫地,奇耻大辱! 我这也是为大夫好,大夫若当上相国,一人之下,百官之上,难道此事不值得做吗?

【公叔陷入沉思。

樊　哲:吴起来了,我先告退。(溜下)

【吴起上。

吴　起:公叔贤弟。

公　叔:吴——噢,大将军。

吴　起:欸,你我兄弟,就不要以官职相称了。方才我看到一人与你交谈,怎么那人又不见了?

公　叔:那人——乃是礼官,正商讨给相国追封谥号的事情。对了,有关相国的人选,兄台一定听到了什么消息吧?

吴　起:略有耳闻,据说人选在你我间。贤弟,我来找你,就是担心你有些想不开。

公　叔:哦? 兄台好像很有把握? 兄台自从拜为将军之后,似乎更加有些狂妄了。不要忘了,我对你可是有举荐之恩的。

吴　起:举荐之恩,吴起没忘。但我为人向来爽快,恕我直言,论战功,你比我如何?

【吴起的问话显得有些挑衅,仿佛在强迫对方回答。公叔无奈地要承认事实,而这些事实即刻勾起了公叔的嫉妒与不满。

公　叔:(对对方的自负抱以忍耐)不如。

吴　起:论方略,你比我如何?

公　叔:(咬牙)不如。

吴　起:论推行变俗革礼的手段……

公　叔:(压制着愤怒)还是不如。

吴　起:贤弟以为,你与我谁的胜算会大一些呢?

公　叔:兄台是来向我示威的?

吴　起:不是示威,我不希望有人阻挡我,更不希望这件事情影响你我兄弟之情。

公　叔:公叔是个有自知之明的人,论才论能,你当相国,天经地义。可你却错了,你的对手不是我,而是另有其人。

吴　起:谁能挡我吴起的路?

公　叔:挡路者,正是尊夫人。

吴　起:思姜?此话怎讲?

公　叔:兄台你是卫国人,在鲁国为将本已遭人非议;嫂夫人乃齐国人,你又算得上半个齐国人。齐、鲁仇怨已久,众大臣都说——

吴　起:说什么?

公　叔:说——我不能讲,兄台,就此别过。

吴　起:贤弟不能走。众大臣说什么,你要对我讲。

公　叔:要讲?

吴　起:要讲。

公　叔:好,众大臣说,相国的位置怎么能交给一个齐国人的女婿呢?

吴　起:什么?!

公　叔:他们还说——

吴　起:说什么?

公　叔:哪有人爱别人的国家胜过爱自己的妻子呢?

吴　起:一派胡言!

公　叔:兄台息怒,你为夫人画眉之事,可是举国皆知呀。

吴　起:国是国,妻是妻,我吴起心中难道不清楚孰轻孰重?

公　叔:是呀,孰轻孰重?

【一句话点醒吴起。吴起迟疑着,望着公叔,似乎想从他那里寻来答案。

公　叔:兄台若不改变自己是齐国女婿的身分,恐怕这相国之位非你也非我,多半要落入他人之手。

吴　起:想我吴起,自幼辞母,游学四方,奔走于列国境内,隐忍在乡间之间,穷不畏难,贫不堕志,等的不就是这一天吗? 也罢,贤弟,到你家去,借我笔墨一用。

公　叔:用来做什么?

吴　起:写一封休书。

公　叔:休书,就能得到君主的信任吗?

吴　起:那你的意思……

公　叔:可还记得易牙烹子献肉的故事? 易牙是雍

人,专为齐桓公做饭,为博得桓公欢心,将自己的儿子杀了,为桓公做了顿人肉宴。桓公认为易牙爱他胜过爱自己的亲骨肉,从此宠信易牙。一个雍人尚有如此胆略,你可是大将军呀!

  吴 起:(倒吸凉气)你是要我——(做了个杀的手势)

  公 叔:以将军的权势和地位,还愁找不到画眉之人吗?

【短促的箫声。

【停顿。

【暗。

第七场

【吴起踯躅不前。
【一束光打出思姜。思姜手捧铜镜发呆。
【吴起犹豫不决,按着腰中的匕首。
【思姜透过铜镜发现吴起。
思　姜:吴郎,你怎么了?
吴　起:(松开匕首)我……今天军中事务繁多,突然有些头痛。
思　姜:快坐下歇歇。(让吴起坐下)我帮你脱下这身甲胄吧。
【吴起摆手制止,一眼望见思姜的脸庞。美丽的面容,吴起竟不敢去看。
吴　起:思姜,你先去休息吧。
思　姜:你还有没做完的事吗?
吴　起:我……我还要想些问题。
思　姜:我睡不下,吴郎今天还没有为我画眉。

吴　起:那我……(取笔,迟疑,又放下)我想喝一壶温酒。

思　姜:我这就去取。

吴　起:不要取了,突然又没有兴致了。思姜,你的脸色好像不太好。

思　姜:比你还不好吗?

吴　起:我?

思　姜:你今日与往日不同,一定是有什么事不好对我讲吧?

吴　起:你怎么了? 突然犯起了猜忌。

思　姜:没什么,只是有些担心。

吴　起:担心什么?

思　姜:担心……(故意转而为喜)你知道吗? 我昨夜梦见了一个俊俏的书生。

吴　起:俊俏的书生! 思姜,你不要总想些不该想的事情。

思　姜:那书生也是这样讲。他让我不要想些不该想的事情,还说有些东西不是我的,不可强求,要是强求的话,恐怕有血光之灾。

吴　起:他说的倒没错。

思　姜:他左手取出一块黛石,要为我画眉,我不肯,他的右手就从怀里摸出一把匕首来。

吴　起:匕首!

思　姜:就像你身上带的这一把。

吴　起:后来呢?

思　姜：后来……我就醒了。

吴　起：你……话里有话。

思　姜：我话里有话，你手中有匕首。

【吴起一愣，有些惊愕。

吴　起：你到底要说什么？你最近说话总是夹枪带棒，是不是就因为我杀了几个齐国人？一将身后万骨枯，谋大事者不可固守小节。

思　姜：杀人是小节？

吴　起：你告诉我，治国平天下的学问，有哪样是不杀人的？

思　姜：我懂了，谁妨碍治国平天下，就要被杀。

吴　起：不错。

思　姜：若兵妨碍呢？

吴　起：杀兵。

思　姜：若臣妨碍呢？

吴　起：杀臣。

思　姜：若国妨碍呢？

吴　起：灭国。哪一项霸业不是杀出来的！

思　姜：若是为妻的妨碍呢？

吴　起：这……

思　姜：若是我这为妻的妨碍呢？

【吴起木然，不敢回答。

思　姜：吴郎，你刚才手握匕首，在门口把持不定，都映在这铜镜里了。

吴　起：我……我不过是在……

【吴起刚才连续说了几个"杀"字,现在被思姜一语道破,打乱了方寸。

思　姜:我跟随你这么多年,有什么事情还怕跟我讲吗?

吴　起:我……不敢讲。

思　姜:吞吞吐吐,不是吴郎所为。

吴　起:思姜,为什么,为什么你偏偏是齐国人呢?你若不是齐国人,这相国之位非我莫属,而偏偏又齐、鲁交恶,鲁国人不信任我呀。

思　姜:如果我是楚国人,谁能保证楚国不与鲁国为敌?我要是魏国人,谁又能保证魏国不与鲁国交战?今天修好,明天吞并,这样的事在诸侯国之间每天都在发生,我该是哪国人呢? 吴郎,我们本来就不是这里的人,为什么非要在这里做选择呢?

吴　起:我的抱负在这里仅差一步,最后一步了。思姜,没有这么好的机会,能让我施展宏图,出可将兵打仗,入可治国为相,在诸侯面前展示本领,成就一生的名望。只有得到认可,我才能越走越高,不辜负了这身本领啊。

思　姜:我们可以去别的国家。

吴　起:别的国家大多还是世卿世禄,做官是权贵们的事,哪里有我的机会?

思　姜:你可以不做官,我们男耕女织,过乡野生活。

吴　起:你看到那一万五千名被坑杀的人了吗? 不

做官的,最终还不是被人送到战场,埋在黄土里。

  思 姜:那么吴郎,你就休了我吧,另娶一位妻——不,你已不是庶民,另娶一位孺人吧。

  吴 起:另娶,显示不出我的忠心。

  思 姜:(苦笑)……看来,这是你唯一的选择了。吴郎,可还记得当年我和你相识的情景?

  吴 起:记得。那是在河畔,我刚被齐国国君拒之门外,正吹着竹箫排遣烦恼。

  思 姜:可记得我随你游学列国,每日相伴?

  吴 起:记得。你贫而无怨,忠贞不悔。

  思 姜:可记得我们耕耘稼穑,养蚕织绢?

  吴 起:记得,我都记得……思姜,不要说了,下一生我再补还给你,这一生……(跪,托起匕首)你就成全了我吧。

  思 姜:我不要你补还给我什么,记住我就好,记住,我能为你做任何事。(望着匕首,从容地拿在手中)你身上这件皮甲,是我缝的那件吗?

  吴 起:是……

  思 姜:(安详地)吴郎,今后你一个人,可要万事小心……(走了几步,回眸笑)我还是喜欢你以前的样子,书生。(下)

  【吴起不知如何是好,既留恋又愧疚,矛盾把他钉在舞台上。

  【传来思姜婉转的歌声——

  思 姜:(后唱)

芳萱初生，
知是无忧。
双眉画成，
能就郎抱……

吴　起：(看着身上的皮甲，像被刺到一般)思姜！思姜！

【吴起冲下，但已经彻底来不及了。

【复上时，吴起提起匕首，高指向天。

吴　起：(悲凉而愤然，站定)君主，我与齐国再没有任何瓜葛，吴起是否可以坐相国之位？吴起是否可以坐相国之位！

【光急灭。

第八场

【箫声黯然,清冷,流淌出一阵腾腾杀气。
【一名武卒值守巡夜。
【吴起上,一手执匕首,一手提装有人头的包裹。
武　卒:站住!(看清,忙行礼)哦,是大将军。
【吴起不理武卒,继续前行。
武　卒:大将军,不能再往前方去了。
吴　起:闪开。
武　卒:大将军——
吴　起:闪开!
【伍长上。
伍　长:什么人!(认出)原来是大将军。大将军,国君有令,今夜三更过后,任何人不得夜行,违令者……(收口)
吴　起:国君有令,为何我却不知道?
伍　长:命令是由樊哲先生传下的,我们也是刚刚收到。

吴　起:(打量伍长)怎么还穿着单衣,天阴寒冷,秋气肃杀,明天叫将士们都换上深衣。

伍　长:是……(见吴起仍要前行,看到吴起手中的匕首)大将军,大将军……不回府邸去吗?

吴　起:闪开。

伍　长:是……

【伍长和武卒不再多嘴。

【樊哲上。

樊　哲:吴起,你手持利器,违禁夜行,可知罪吗?

吴　起:我要面见君主。

樊　哲:见君主何事?

吴　起:请求封相。

樊　哲:君主有命,吴起杀妻求相,违犯人伦纲常,念你抗敌有功,君主不杀有功之臣,命你即刻离开鲁国,不许再踏入鲁国一步。

吴　起:(看着包裹)我要见君主……

樊　哲:你没听见吗?君主命你即刻离开鲁国,不许再踏入鲁国一步。

吴　起:不见我?思姜已死,君主却不见我……滚开,我要见君主!(绝望)我要见君主……

樊　哲:你还有何脸面?识相的话赶快逃命去吧。

吴　起:(捧起包裹,哀声)君主,我和齐国再没有任何关系,你看看我手中的人头,这是我的妻子啊,难道我还不能得到你的信任吗?……

樊　哲:你已被夺去将军的职位,君主有言,对吴起永不任用。

吴　起:你说什么?

樊　哲:永不任用!试问哪个君王能要你这勇而无礼,败坏德行之人。

吴　起:(愤然)好,既然君主不用吴起,那么吴起告辞了!他日若兵戈相见,休怪吴起不讲情面。(欲下)不对,君主怎知我杀妻之事?

樊　哲:那我不能说,(暗示,讥讽)送你块黛石,也不枉你我同僚一场。

吴　起:黛石? 原来是公叔。

樊　哲:他先怂恿你杀妻,再以此来杀你。

吴　起:好一条妙计呀!

樊　哲:(骄傲)你也承认这是妙计? 哈哈,这等妙计,只凭他公叔哪里想得出来。

吴　起:这么说还有别人的功劳?

樊　哲:吴起,天下为何礼乐崩坏,因为人们心中只有权位,为了拥有更广袤的土地和更多的财富,各国诸侯弃礼而从兵。之前我们这些读书人何等风光,可现在呢,只能怀揣书本四处谋职,争取得到信任。可是现在的诸侯,不要修身,只要平天下呀!有你这样的人在,我们所学的那些君子之行、仁政之道,何时才能实现?

吴　起:你从中离间,也是君子之行? 你大言不惭,也算仁政之道?

樊　哲:不是我离间,事到如今,乃是你二人品性使然。

【吴起死死盯住樊哲。樊哲恐惧,后退。

樊　哲:你,你!

吴　起:樊先生应该知道,我吴起还没学会以德报怨,只懂得有仇必报。

樊　哲:你想做什么?

吴　起:让我看看你的品性!

【吴起猛然挺出匕首,刺死樊哲。

【伍长和武卒惊愕,下意识抽剑,只抽出一半。

吴　起:你们要杀我吗?

【伍长和武卒不敢答话。

吴　起:此事与你们无关,若念及我还是你们的将军,就退下吧。

【伍长和武卒对视不语,敬畏地下。

吴　起:(动容)男人之路,女人之血。思姜,你因我而死,走得匆忙,让我来送你一程。(吟咏,悲戚地)

魂兮归来,飞雪千里。

湛湛江水,泪伤我心。

目极千里,忧悲永思。

魂兮归来,魂兮归来……

【公叔领庶民上。公叔持剑,民众持农具。

庶民甲:吴起,你大乱丧德,不准你在此祭奠。

庶民乙:我们不能容留他,否则神灵必将降下厄运。

吴　起:不容我? 你们想对我怎样?

公　　叔:你杀妻求相,举国皆知,现在又添一命,民怨沸腾,都欲除你而后快。

庶民甲:吴起该杀!

众庶民:杀!

吴　　起:怎么,我救了鲁国,你们却来杀我?杀吧,杀吧。(向公叔)只怪我欲念太深,遭了你的算计。不要指使这些庶民,换我的兵来。

公　　叔:你研习兵法,却不懂得不用兵杀人的学问。(向庶民)杀吴起者,赐爵一级,赏粮五十石。

众庶民:乱德之人,人可诛之。杀!杀!

吴　　起:(边打边说)你们这些庶民,不要被人利用,当初抬我进城的,也是你们……你们杀我,和我杀别人又有什么区别……好好好,你们都来吧,别怪我手下无情!

【庶民争先恐后欲杀吴起,被吴起击退。

【公叔欲跑,被吴起追上,揪住。

吴　　起:公叔,你为何要用这等卑鄙的手段陷害我?

公　　叔:我屡献良策,却没有你的运气!我不服!你刚才说,这是杀人的世道,生逢其时,你杀妻没有选择,我杀你也没有选择。

吴　　起:你毁了我的雄心大志,也毁了我的儿女情长!

公　　叔:你手上有你妻子的血,你救得了鲁国,却永远也救不了你自己。

吴　起：你说什么？

公　叔：救不了你自己！

吴　起：（绝望）啊！

【吴起刺，公叔毙命横尸。

吴　起：国君不用我，朋友背弃我，天下不容我。（看着自己的双手，悲哀地笑）我救不了自己，我救不了自己……当上相国又怎样，我已无处可去。这一生的功劳，难道要用一个女人来换取吗？思姜，你的梦成真了，那个书生用匕首杀了你，他有罪，他后悔呀，他现在想和你男耕女织，过乡野生活，可是，这一切都被他亲手毁掉了，他不再想做什么将军了，也不再想当什么相国，他只记得你和他之间的事，永远都记得……

（抽噎，声调已完全混乱）

芳萱初生，

知是无忧。

双眉画成，

能就郎抱……

（匕首横于脖前）思姜，若有来生，不求出将入相，但求为你画眉。

【吴起自刎，倒。

【箫音。凄凉。

【片刻后，使臣上，检视吴起和公叔尸体。

使　臣：启禀君主，吴起已死。

【鲁穆公上。

鲁穆公：相国遗言说道，叫我散布在公叔与吴起二人之中挑选某人继任相国的消息,到时自会有人从中离间。

使　臣:刚才公叔连夜密报,说吴起杀妻求相,君主为何要下令放吴起离开鲁国呢?

鲁穆公:因为我知道,有人一定不会叫他走的。寡人今夜不见他,不过是顺势而为也。

使　臣:君主圣明。

鲁穆公:乱世用之,治世除之,此乃君王之术。这不用兵杀人的学问,比君王之术又如何?

使　臣:君主圣明。

鲁穆公:这相国的人选,还要挑选像公仪休那样的忠君之人。

使　臣:君主圣明。

【暗。

【剧终。

【话剧剧本】

左徒
Zuotu

苑彬

序

注:

1.本剧涉及的历史事件发生在公元前323年至公元前278年前后,时间跨度大。为使剧本结构紧凑,将秦惠文王、秦武王、秦昭襄王三代所涉事件整合在文、武两代。

2.婵娟是郭沫若在话剧《屈原》中创造的人物,本剧延用之。

【一阵板鼓,仿若隔世追记。

【在几级台阶之下,舞台上推出几株橘树。

【一声剑吟,屈原自一株橘树后步出。他举目凝望,背向舞台,江流之声不绝于耳。

屈　原:橘树!(转身)世人只道我爱楚国人,怎知我不爱别国的人?身为楚国人,亡命于楚国,乃是楚国的失败;而逃离楚国,做张仪那样的说客,却是我的失败。世人又说,《离骚》为楚王而作,不知我以美人自拟,以芳草相比,是为你而作。这汨水江畔的橘树,都是我为你种下的。(掷剑)婵娟,愿此剑为你斩去所有的魔祟。(停顿)我这一生中最大的敌人,乃是一个男人。

【张仪自橘树后出,并不多看一眼屈原,站定。

屈　原:秦相张仪。

张　仪:你的敌人从来不是我。

屈　原:在他人眼中,我这样作文辞的人,无异于一个倡优。

张　仪:你做文辞,我做政论,我们荒唐愚妄,想影响君王之心,可国家怎会为了一个人而改变?

屈　原:那一年我做文学侍臣,他们笑我,一个文学弄臣。

张　仪:没有弄臣的屈原,哪有文学家的屈原。大王喜欢我们的聪明,我们需要大王对我们的鉴赏。

屈　原:我一生中的另一个敌人,是一个女人。

【板鼓声脆。

【屈原行至舞台一隅,拾级而上,坐。

【郑袖自橘树后出,缓行至中央。

【张仪目光紧随,脚下踯躅。

【一旁两名武士提出魏美人,武士手执匕首。

魏美人:恶妇!

郑　袖:恶妇!

魏美人:你说大王喜欢我美貌,只是不满意我的鼻子,让我以手遮鼻,稍加掩饰。大王问我为何掩鼻,你又进谗言,说我憎恶大王体臭。

郑　袖:大王有令,割鼻,劓刑。

魏美人：我是玉姬,魏王之妹。

郑　袖：你被你兄长送来陪伴楚王,这就是女人。

【两武士欲割魏美人之鼻。

魏美人：你对我千般体贴,万般关照,原来都是假的。女人……我宁愿一死。

【魏美人凛然伸头,脖颈从刀刃划过。

【魏美人死。武士拖下。

【郑袖初起笑颜,倏而阴郁。

郑　袖：女人仰仗自己的美色来博取丈夫的欢心,而嫉妒乃是人之本性。大王夸奖我(模拟楚王口吻)——郑袖知道我喜欢新人,她对新人的爱有甚于我,人就该用这种方法对待父母,臣子就该用这种方法侍奉君王。刚才谁说,大王喜欢我们的聪明,我们需要大王对我们的鉴赏?

张　仪：楚王幸姬郑袖,楚王对她无不依从……(转身)在下张仪。

郑　袖：我以容颜争宠,男人却凭文辞。

张　仪：文辞,那一定是诗人……一个诗人,总以为全天下的女人都该喜欢他。

【张仪侧目视屈原。

【屈原惊起,奔下台阶,骇立。

【张仪行至台阶,坐下。

郑　袖：不管容颜或是文辞,宠,只能是一个人。

【郑袖凝望屈原。

郑　袖：一品人才。你寅年寅月寅日生?

屈　原：宣王三十年正月初七，芈姓，屈氏。

郑　袖：芈，与大王同姓同宗。大王筑兰台宫，广延文学之士，将你从公族子弟中选拔为文学侍臣，教公子读书。听说你出口成章，三日不绝。

屈　原：父亲说，不比周，不朋党，要我把心思都放在文章上。

郑　袖：你父亲教没教过你这篇文章？

【郑袖褪去薄衫。

【屈原目不直视。

郑　袖：依你看，我儿子兰能否立为太子？

屈　原：子兰非嫡非长。

郑　袖：大王有长子熊横，在秦国为人质。我儿虽是帝王血脉，却是庶出的微贱之命。你教我儿文章，我教你阅人。

屈　原：南后……

郑　袖：世人以为南后、郑袖乃是一人。

屈　原：难道不是？

郑　袖：百官前我是南后，屈子前我是郑袖。望屈子多多提携我儿。

【屈原连退，无法招架，口中喃喃。

屈　原：父亲说，淫为祸乱之首。

郑　袖：祸乱成就女人，死亡成就诗人。

屈　原：父亲说，觊觎王位，是为不忠。

郑　袖：天下只有我忍得了大王的体臭，我为大王生养子嗣以保血脉江山，谁比我忠？

【一声丝弦。

【屈原背躬。

屈　原：父亲说，流言害己，朋党杀身……杀身！

【张仪上前，抱起郑袖。

【屈原悚骇。

郑　袖：是谁说，国家不会为了一个人而改变？

【屈原心神不宁，期许解惑。

屈　原：流言！父亲……

【笙音徘徊，如一场梦醒。

【暗。

一

【笙音继续。

【橘树已无,舞台空荡。

张　　仪:魏人张仪,秦国为相,由鬼谷先生传授纵横之术。秦欲伐齐,但齐楚从亲,张仪游说楚王,若楚国与齐国解除盟约,我请秦王献出商於六百里土地,并献秦国女子服侍楚王。

【楚怀王上,衣冠严整。

楚　　王:我与齐王斩断符节,秦国却与齐国建交。真是诡诈! 我要向秦王索要六百里商於之地,这商於本就是他们从我手上抢走的。

张　　仪:秦王说,何来六百里,不过六里。楚王听惯楚语,不通中原之音。

楚　　王:六里? 兴兵!

【武士上,干练勇猛。

楚　　王:楚国自先祖庄王始,便不以南蛮自居。我推行礼乐文明,减免徭役赋税,发展商货贸易,我是一代明君。楚语!南蛮!体臭!你们竟还这样说我!合纵抗秦,我为六国纵长,楚国得以与秦国、齐国并举为三大强国。我是一代明君,却遭你戏弄。兴兵!

【板鼓铿锵。

【武士抬起楚王。

楚　王:《诗》曰,溥天之下,莫非王土;率土之滨,莫非王臣。

武　士:《诗》曰,溥天之下,莫非王土;率土之滨,莫非王臣!

楚　王:我要让商於六百里没有人烟,把六百里的地方烧成焦土!人头撂起来,火焰冲上天!让人肉的味道淹没我身体的味道,让千万双眼睛仰视我,呼唤我,一代明君。

【武士放下楚王,跪。

【楚王沉吟。

楚　王:再有说楚国南蛮者,杀。

【武士五体投地。

【楚王猝然疲弱。

楚　王:中原之音,中原人难道就没有人肉的味道……让人肉的味道淹没我身体的味道……宣唐昧,伐秦。再宣屈原,我要中原之音,也要楚风楚韵。

【丝弦隐约可闻。

【武士退下。

【楚王脱去外衣,嗅腋下味。背身。

【右侧起光。

【屈原取镜自赏。

【灯光照亮伯庸。

【伯庸以灵魂现。

屈　原：那年是我出使齐国，齐楚会盟，六国合纵。

伯　庸：今天斩断符节，合纵破裂。今天你升为左徒。

屈　原：我不再是文学侍臣，大王却还要我写文章。

伯　庸：你为何不愿做文学侍臣？

屈　原：为躲流言。

伯　庸：也好。楚风楚韵，你不是一直想写？

屈　原：大王要我写楚国的强大，写楚国人的渺小，人会自觉地寻找强大，与楚国结合。这是大王想要的楚风楚韵，但儿喜欢自由和美的东西。

伯　庸：那就为大王而美。你意呢？

屈　原：我想问父亲。

伯　庸：君不负臣，臣不负君。

屈　原：（稚气）若君负臣呢？大王不听我劝阻，导致合纵破裂，又用打仗掩盖自己的过失。

伯　庸：君辱臣死。

屈　原：……为何？

伯　庸：忠君爱国，忠君即是爱国。

屈　原：为何？

伯　庸：天下系大王一身，忠与爱就是本分。你记住,王必有道。武王伐纣,三千甲士破纣王百万雄师。

屈　原:父亲说的是神话?

伯　庸:不是神话,是道。得道多助,失道寡助,这是千古文章,怎样做都不会错的。平儿,屈家到我这里落寞了,好不容易在你身上看到希望,你多想想千古文章,不要总盯着那些橘树和兰花。

【屈原低头不语。

【伯庸审视屈原衣着。

伯　庸:子曰,禹,恶衣服而致美乎黻冕……男人不要为自己的容貌太过得意。

屈　原:(敬畏)是,父亲。

伯　庸:如今你为左徒,掌管国策外交,你欲何为?

屈　原:我们屈家是楚国贵族,我有义务秉道直行。我要为大王制典,修身,匡君。儿称其为美政,美政者——

伯　庸:匡君?你还是写文章吧,作大王喜爱的文章。

屈　原:(虔诚)是,父亲。

【屈原犹疑。

【伯庸身上的光灭。

【唐昧、婵娟上。婵娟孝服。

唐　昧:众文官都欲伐秦,武将附和,独唐昧与屈原不语。

屈　原:秦王激将大王,让大王愤怒出兵,他们张网以待。

婵　娟：左徒大人为何不在朝上直谏？

屈　原：我……

唐　昧：这是我府上侍女婵娟。

屈　原：婵娟，好名字。

婵　娟：名字也许好……听说在左徒大人的学馆，百姓与大夫之间可以就国事辩论，说错话也不会被追究。

屈　原：说话当然要尽情尽兴。只可惜，尽兴是人最不敢做的事。

婵　娟：我倒想问，左徒大人为何不敢尽兴直谏？大王贸然出战，千万将士做无谓牺牲。

屈　原：总有人说屈原露才扬己，所以屈原索性不语。

婵　娟：你与唐将军是最好的朋友，你索性不语，唐将军就可能捐身殉国，左徒大人宁可失去这个好朋友吗？

【屈原无言以对。

唐　昧：婵娟，不可这样讲话。向来文官好战，因为他们从没见过以生命搏杀的场面。屈大人不作空头文章，即便不说话，已经被那些文官责以非战之罪了。

婵　娟：可是将军你呢？

唐　昧：武将不可好战，但也不能畏战。君命如山，明日兵发丹阳，唐昧今晚特意来向屈大人告别。若我此次——

婵　娟：将军！

唐　昧：若我此次有去无回,托屈大人将婵娟收在学馆做侍女。婵娟之兄曾是齐国将军,我们兵戈相见,私下却是挚友。她兄长戍疆战死,将她托付给我照顾。她在我心中,一直是个妹妹。

【唐昧、婵娟四目相对。唐昧冷冷躲开。

屈　原：她既是唐将军的妹妹,也是屈原的妹妹。我一定尽心尽力,等唐将军凯旋。

唐　昧：谢屈大人,告辞。

【唐昧背身,心有所念,须臾停步。

【婵娟心向往之。

【唐昧自左下。

屈　原：婵娟姑娘……

婵　娟：我不做你的妹妹,只做你的侍女。

屈　原：我这里男人寥寥,唯独不缺侍女。

婵　娟：百花争艳,早有耳闻。

屈　原：学馆的侍女,我都会送一件东西。你喜欢什么?

婵　娟：无缘无故,我不要。

屈　原：你这人有趣。你不要,我明日非要挑一件给你。我问你,你为什么披麻戴孝?

婵　娟：我穿上丧服,为楚国将士吊丧。并且特意来羞臊你不敢直谏。如果唐将军真的有去无回,这身衣服也省得脱了。

屈　原：婵娟姑娘,你真是直爽,毫无顾虑,我以前也是这样的……

婵　娟：你为何要改呢？

屈　原：父亲要我改……

婵　娟：你改不了，所以在学馆种花养草，与女色游戏，只为把心里话说给她们听。

屈　原：(诧异)你竟然懂！

【屈原喜悦，取出一串骨珠串挂。

屈　原：不等明日，这串保佑平安的骨珠送给你。

婵　娟：想着谁，谁就平安吗？

屈　原：你放心，唐将军会回来的。

【婵娟接过骨珠。

【舞台肃杀，血红之色。

【丝弦繁乱，杀声盈耳。

二

【台阶高远,楚王、秦王居中而坐。
【笙音平缓。

楚　王:谁说王多怒而好用兵?糊涂话。说我心态善变,情绪无常!这是所有不甘平庸之人的死穴。我做梦都想扩大楚国的版图。文治武功,国家就是土地。

秦　王:国家,是一个部落的刀比另一个部落的大。仗要打,事要谈。去年丹阳之战,你败了。

楚　王:我败了。你还夺了我的汉中之地。

秦　王:听说楚国在国东新建起一座沉马祠,不知是什么用意?

楚　王:(恐惧)那……只是为祭祀河伯。
【秦王哂笑。

秦　王:没关系,咱们打完再修好,国与国不就是这些事吗?(吟诵)诚既勇兮又以武,终刚强兮不可凌。身既死兮神以灵,子魂魄兮为鬼雄……

楚　王：这是屈原所作的《国殇》，秦王也知道？

秦　王：《国殇》已传遍各国。这一首写得多么激烈，又多么残酷！最重要的，是它与众不同。能将赋比兴的手法用在诗文中，既铺陈得法，又直吐胸怀的人，非屈原莫属。楚王，今日会盟，你我互尊为王，从此秦楚修好，永不进犯。我将汉中之地还给你，以示求和之心。

楚　王：还我汉中？我的版图又大回去了……可那六百里商於之地呢？要不是张仪以此来戏耍，你我不会交战，楚国也不会失信于齐国。现在就连韩、魏那等小国，也把我当成见利忘义之徒。秦王，汉中之地搁在一旁，我要张仪。

【秦王讶异。

秦　王：那可是我的相国。

楚　王：既然秦楚交好，你的相国在你那里和在我这里，都是一样的。

秦　王：这……你的儿子熊横一直在秦国，这次我把他带来了，从此你们父子团圆。

楚　王：十几年不见，早已陌生了……我可以不要汉中之地，但我要惩戒张仪。

秦　王：楚王为难我。

楚　王：既然秦楚一家，请秦王送张仪来楚国。

秦　王：那我也向楚王换一个人。

楚　王：你刚才吟诵《国殇》，想要屈原？

【屈原自右上，跪于阶下。

秦　王：我想听听他的美政。

【屈原施礼。

秦　王：你是法还是儒？

屈　原：今四海之学，儒法并争，儒主张仁德，法讲耕战，诸侯国各有治国方略。不管用德用仁，还是用刑用术，几百年来，国家却越来越乱，人心越来越丑，邦无定交，士无定主，百姓已经不知道美好是什么样子了，所以，楚国急需让人们重新看到美好，相信美好。

秦　王：重新看到美好，复古，还是儒嘛。

屈　原：是美。所谓美政者，君明臣贤。

秦　王：何为君明？

屈　原：举贤授能，不分贵贱。扬美弃恶，人正君清。

秦　王：臣贤呢？

屈　原：劝诫匡正为贤，忠诚直言为贤，勤勉克己为贤。《书》中说，股肱惟人，良臣惟圣，国君选用贤臣有如人之手足。君明和臣贤，互为一面镜子，明君选用贤臣，贤臣辅助明君。这样就可以修明法度，罢黜奸佞。

秦　王：法度……先王孝公任用商鞅，就是看中法度。你的法度有何不同？

屈　原：立法革新，取消世卿世禄，限制贵族特权。君王与大夫务必爱民，行事无不持之以法。

秦　王：持之以法？你的学馆就是法外之地，听说你那里整天有人妄议朝中大事。

屈　原：只有广开言路，才能官民互信，学馆唯一的要求就是不许口出恶语。今后郢都多建几间这样的学馆,让人参与论辩,尽情说话,也是美政!

秦　王:刚才复古,现在变革,又是法家了。

屈　原:是儒非儒,是法非法。

秦　王:我看你面容姣好,服饰华丽,也和美政有关?

屈　原:君明臣贤,民也要美。如果男子和女子一样美,民风自然就美起来了。

秦　王:和女子一样美?你倒是离不开这个"美"字。楚国先君灵王喜欢细腰,大臣们为争宠,每天连饭也不吃。难道楚王对屈原也有特殊的喜欢?

楚　王:(不悦)秦王讥讽我喜好男风,屈原你知罪吗?你若得体,我怎会遭人轻视?

秦　王:什么男的女的,国都是你的。尽情说话嘛,也是美政。

楚　王:难道学馆也是这样说话的!

屈　原:学馆绝无毁谤之词!

秦　王:屈原,你儒法不争,也算一格,可为何楚国臣僚都对美政极力反对?

屈　原:孤芳不与凡花并。他们都是凡花。

秦　王:早就耳闻屈原通晓国家治理,熟习外交应对,难怪你会对众臣僚说,楚国大小功绩,都是你一个人的功劳。

楚　王:他一个人的功劳?

屈　原:屈原从没说过这样的话,这是朝中大臣对我的谗毁。

秦　王：娴于辞令的人，倒都有几分自傲的。楚王，我不要屈原，我要唐眜。

楚　王：唐眜？去年丹阳战败，八万军士葬身沙场，我已将他贬为庶民。秦王为何要此无用之人？

屈　原：大王，不可将唐将军送至秦国啊！

秦　王：一个败将能有何用，只是听说他懂点水利。我来求和，就要此人。

屈　原：哪有战胜国与战败国求和的道理？唐将军是秦国心腹之患，秦王索要唐将军，是担心楚国有一天重新起用他。而现在秦国没有能力并吞楚国，这是秦王未雨绸缪之举。

楚　王：相国换庶民……

屈　原：大王不可！

秦　王：《国殇》虽写得激情壮烈，却无一句提到楚王，似乎还有些怨怼之意。

楚　王：谁说不可，就代唐眜换张仪。

【屈原无可奈何，不敢多语。

【楚王背躬。

楚　王：(抱恨)两朝元老不能得罪，公族贵胄不能得罪，在朝近臣不能得罪，边防将军不能得罪。女人不能得罪，诗人不能得罪……他们对你说道德、法令、民俗、乡约，一个君王被一群人绑架在这里。庶民我总可以做主吧！戏弄君王的口舌之徒，我总可以惩治吧？张仪破我合纵，囚他在楚，看秦国如何连横！秦国，(冷战)这个叫人发抖的名字。

【楚王嗅腋下味道,自左下。

【屈原叩头。背身。

【秦王下阶。

【张仪自右上。

秦　王:(躬身)相国。

【张仪惶恐。

张　仪:大王怎可对臣子行礼。

秦　王:楚王果然不要汉中之地,而要你。

张　仪:大王答应了?

秦　王:我不忍……

张　仪:一人之身保全汉中之地,张仪愿往。

秦　王:相国忠良。今日会盟,屈原作了一番政论,我看支持者少,楚王实施起来也会力不从心。

张　仪:削公族之权,无异于空论。大王对屈原的不屑,楚王看在眼里,就更犹疑不定了。

秦　王:相国,你若去楚,国事托付与谁?

张　仪:才略智谋,樗里疾可用。

秦　王:樗里疾……他是我的异母兄弟,日后若和太子争位——

张　仪:那也是嬴姓的血脉,总好过家奴易手。

秦　王:家奴……

【秦王睨视。

秦　王:你知道我身体不适,此去楚国为囚,释权给樗里疾,是担心变成第二个商鞅吗?你与商鞅不同,他在先王时任相国,专好法术刑名,我即位后,公族世家因他重农抑商都欲杀之。我当然知道这些公族世家的心思,不杀商鞅,就不能掌握商货贸易。身为新君,左右都是为难。

张　仪:张仪绝没有坐大之心。我去楚国,因为我知道楚王心态善变,他合纵之心不决,亲秦之心不死。汉中这盘棋,还可以继续下。

【张仪果决。

【秦王默然。

【秦王、张仪下。

【屈原转过身来。

屈　原:是年,秦王薨。楚王囚张仪。

【屈原执笔。

【郑袖上。

郑　袖:屈子……

屈　原:南后。

郑　袖:你的学馆倒真清净。你在写什么?

屈　原:韩国与楚国相邻,我想请大王亲齐善韩。楚国疆土最大,设县最早,若联县为郡,就可加强边防,阻止秦国东进。另外,七国之中,楚国仍有大批奴隶,这些奴隶应该得到租地,准许自由迁徙。秦国喘息,正是我们变革的机会。

郑　袖:不如由我呈给大王。

【郑袖靠近屈原,欲取简册。

【屈原避开,简册在手。

屈　原:南后,这是国事。

【郑袖罢手。

郑　袖：秦国正举办国丧，那个孔武好戏的嬴荡继承了王位，听说，他做太子的时候就不喜欢张仪。

屈　原：张仪下在死牢，我恨不得大王杀了他。

郑　袖：你可奏请大王。

【屈原迟疑不语。

郑　袖：不敢说吗？屈子连颁几条法令，对上收地削权，对下抚民赈穷，又与秦楚两王大谈美政，朝中官员议论，不知屈子受谁的影响，忽然像从前那样直爽了。

屈　原：我……

郑　袖：屈子就连躲着我，也不见犹豫了。

屈　原：我……不敢。

郑　袖："众女嫉余之蛾眉兮，谣诼谓余以善淫"，你在诗文中说，那些群小嫉妒你的美貌而造谣，看来屈子做人的无措和诗文中的猖狂是两样的。（略停）张仪，不如真的杀了他。

屈　原：张仪不能杀。

郑　袖：为何？

屈　原：唐将军还在秦国。

郑　袖：那不正好，楚杀张仪，秦杀唐眛，婵娟也就死心了。

屈　原：这——这关婵娟何事？

郑　袖：你把学馆的侍女尽数遣散，只留婵娟一人。你九章里的《抽思》，不是写给她的？心郁郁之忧思兮，独永叹乎增伤。思蹇产之不释兮，曼遭夜之方长……

你悲伤难眠,夜不能寐。屈子,我可以读得懂你心底的声音。唐昧不在,婵娟才有可能永远留在你身边。谁知道屈子做政论,究竟是想胜过张仪,还是想胜过唐昧?

屈　原:唐将军是国家栋梁。

郑　袖:屈子心中一定不平,你内美而外秀,处处强过唐昧,却得不到婵娟的心。

【屈原孤寂神伤。

郑　袖:我自负胜过婵娟,屈子还不是对我不理不睬?(试探)唐昧是你的朋友,如果朋友死,情爱生……

【屈原倏而愤怒。

屈　原:不可!南后为什么拿这样的事来考验屈原的心性。

郑　袖:只有这样我才知道屈子高洁。朝中百官都要杀张仪,单单我出面力保。

屈　原:南后庇护张仪,是想学西施与范蠡吧?

郑　袖:范蠡献西施与夫差,你怎知大王不是范蠡,张仪不是夫差?

屈　原:大王一世明君。

【郑袖褪衣,露背后瘀伤。

【屈原目不忍睹。

郑　袖:你看到的是大王开疆扩土,明修法令,不知他所有的怨怒,都用鞭子和匕首刻在我的身上。宠,是有条件的。

【屈原惊讶,乃至战栗。

郑　袖:自从南后西去,我奉命住在南后之宫服侍大王,而我不过是个妃嫔,只活在另一个女人的名字里。各位大王之间互献子女为人质,何况没有血缘之亲的妃嫔。大王断不了的事,用臣僚;断不了的人,用妃嫔。

屈　原:张仪主动来楚,料定大王有求于他。

郑　袖:合纵连横,张仪一口倾国,将来也可以为我所用。大王忍辱负重,是为了光大楚国啊!

屈　原:如此光大……

郑　袖:你对大王有怀疑?

屈　原:我只是才明白,大王亲秦之心不死,原来是为称霸。难怪我升任左徒,却觉得与大王疏远了,因为我为楚国,不是为霸业。

郑　袖:能帮大王君临天下的,只有两件东西:张仪的谋略,屈子的文章。日后能帮我儿子兰的,也是这两件东西。

屈　原:我任文学侍臣时曾教他学《诗》,子兰聪颖好学。

郑　袖:子兰说,他最信任的,就是屈子。

屈　原:但若为争势,屈原绝笔。

郑　袖:自从熊横回到楚国,大王与他相谈甚欢。(试探)想必熊横也找过屈子。

屈　原:我常被人高看,其实不知我手比眼低。

郑　袖:你可以颂扬楚国和大王,却不愿为我儿写半个字。屈子自比兰蕙,不愿合乎污世,你以文字侍君,我以身体,究竟有什么分别?

屈　原:许多文辞的确都是攀高讨好的事,我已经闻见身上的臭味了。

【屈原嗅手臂。

郑　袖：你辜负楚国的未来，未来楚国难免也会辜负你。

屈　原：如果楚国辜负了南后呢？

郑　袖：那我就用反抗表达我的爱。

【郑袖自左下。

【屈原心神不定。

【笙音细弱。

三

【舞台降下河伯泥像。
【男巫推上白马,女巫扮主祭。
女　巫:(唱)与女游兮九河,冲风起兮横波。乘水车兮荷盖,驾两龙兮骖螭。
【众人扮熊图腾上,与巫跳神。
【男巫绕白马而歌。
男　巫:(唱)登昆仑兮四望,心飞扬兮浩荡。日将暮兮怅忘归,惟极浦兮寤怀。
【屈原醉上。
屈　原:你们做什么?
男　巫:左徒大人,我们在祭祀河伯。
屈　原:住口,不许再唱!
女　巫:左徒大人,我们唱的就是你写的《九歌》呀!
屈　原:《九歌》之中日神造福人类,云神仁惠九州,湘水神之互相倾慕,河伯之端庄,山鬼之娴雅,阵亡将士之气概……你们只管唱,却不知歌中的内容,他们相互追求、爱悦,都具人情,可你们在干什么?

男　巫:沉马祠是大王催建,沉下白马也是大王的命令。

屈　原:为何要沉白马?

女　巫:沉白马飨楚邦河神,以拒秦师。

屈　原:丹阳之战兵挫地削,让大王内心充满恐惧。我上书亲齐善韩,联县为郡,大王却说,诸国之战箭在弦上,边境若有大城,更加尾大不掉。可我是左徒,国事应该问我,怎么能相信巫鬼,把希望寄托在阴阳术士身上?

男　巫:我们是沟通人和神之间的人物。身为巫,心是神。你难道不信天?

屈　原:天?系天的绳索拴在哪里?撑天的八根柱子放在什么地方?天与地在什么地方接合?东南方为什么缺损?

女　巫:他在说醉话!

屈　原:巫风盛行,人信天命鬼神,楚国如何强盛?今天我要赶走你们这些巫祝!

男　巫:自古巫史不分,别忘了你的父亲就是巫官。

【屈原骤停,凝望泥像。蓦地,奋力推倒。

女　巫:他疯了!

【巫逃,众人阻。

众　人：大人不可啊，莫要让神灵怪罪下来，河伯生气会把我们全都淹死的。

众　人：大人啊，你将为楚国带来厄运！

【众人散下。

【屈原醉倒在地。

屈　原：多少人假我的名义写诗，将来全是糊涂账。更有甚者，你们曲解我的文辞，把人情唱成魔怪，是可忍孰不可忍！

【略停。

【屈原酒醒。

【右侧起光。

【灯光照亮伯庸的灵魂，站立一侧，神色凝重。

【屈原行至右侧，跪坐。

屈　原：父亲……

伯　庸：你满头大汗，又酒气熏天。

屈　原：我不知道该怎么办。那天南后来学馆，我对讨厌的人产生了怜悯，对敬畏的人产生了恐惧。

伯　庸：子曰，志于道，据于德，依于仁。

屈　原：可是我的内心在敲鼓。到底什么是美呢？我请大王变俗革新，朝中尽是反对者。

伯　庸：子曰，中庸之为德也。

屈　原：你说的像经文。大王雄心大志，可一意孤行，深谋远虑，可又感情用事。他曾经那么信任我，派我出使齐国，六国合纵，可如今，国事竟去问鬼神。（勉力）我是左徒，我有规谏的职责。

伯　庸:你做文辞无人能及,可你偏要去做政论。做政论必须相信自己的主张,你对万事都有怀疑,如何能像别人那样破釜焚舟?

屈　原:破釜焚舟?

伯　庸:张仪换唐昧,秦楚都是不留退路。平儿,我并不是非要管着你。做文章,文章是器具,做政论,你是器具。远说商鞅,近说张仪,他们谁不是帝王的器具?

【屈原迟疑。

屈　原:父亲,我想做一个影响君王的人。我六岁作文,十五岁博学多通,弱冠之年联齐抗秦。可别人总说我以文和貌谄媚,他们笑我,跟随大王游猎宫宴,作歌赋诗,如同倡优。现在秦、齐这样的大国都在变革,我也要开楚国变革之路。若能引时代之风,儿要为自己正名。我不想用文字取悦,而用美政取信,现在我知道大王要霸业,我就帮他取天下。

伯　庸:你相信你能做成?

屈　原:儿相信。

伯　庸:你一贯自负,又是一根脑筋。可不是一根脑筋,怎么写文章,怎么做大事?我知道你有自己的主见,所以,你很少找我谈话了。平儿,鸟之将死,其鸣也哀,你太端直,要学会圆活……我走了……

屈　原:父亲,你还没有教我怎样了解女人。

伯　庸:(不屑)女人,这叫什么学问?

屈　原:父亲!

伯　庸:岁寒,然后知松柏之后凋也……

【伯庸身上之光灭。

【屈原叩首。

屈　原:帝高阳之苗裔兮,朕皇考曰伯庸……高阳大帝的子孙,我的父亲屈伯庸,走了。

【婵娟上。摆下简策。

【婵娟捂鼻。

婵　娟:好大的酒气!

屈　原:从那以后,我很少再梦见父亲。男人没人管了,不知道是该高兴,还是该悲伤。人的脆弱你想象不到,理想、权力、情感、欲望、命运……随时可以击垮你。

婵　娟:有吃有喝,悲伤什么?

屈　原:难道你没有心事?

婵　娟:我有。秦国那么冷,不知道唐将军有没有羊皮御寒。

屈　原:哦,你想着唐将军……

【屈原神色感伤,尽快掩饰。

婵　娟:难道你不想? 你们是最好的朋友。

屈　原:我当然……想……

婵　娟:我听说,大王曾经在朝上说,谁敢说不可把唐将军送到秦国,就叫谁替唐将军去。我要是在,我一定和大王说,不可。

【屈原神情异样。

屈　原:哪有此事?

婵　娟:等唐将军回来了,你可要为我说几句好话。

屈　原:说好话做什么?

【婵娟羞赧。

婵　娟:你不用多问,只管说我的好话。他来你的学馆,你就带他看院中那两株橘树。

屈　原:那是你亲手栽种的橘树。你说其中一株,是唐将军。

婵　娟:另外一株是我。活着时浇水,死了我变成另外一株,和它一起生长。可是,他真的还能回来吗?

屈　原:婵娟,你有没有想过……这里是学馆,说错话是不许追究的。你有没有想过……我是那株橘树?

【婵娟察言观色,心知肚明。

【屈原又喝一大口酒,霍地起身。

屈　原:我那首《抽思》你读过了?

婵　娟:未曾读过。

屈　原:别人都争读我的诗文,你却视而不见。我读给你听——心郁郁之忧思兮,独永叹乎增伤。思蹇产之不释兮,曼遭夜之方长……

【屈原靠近婵娟。

【婵娟闪身。

婵　娟:先生不可以。

屈　原:为何?

婵　娟:先生曾言,我是先生的妹妹。

屈　原:忽然就改叫先生了……可你说的是道德,我说的是渴望,是期待,是情爱。

婵　娟:先生不可以。

【婵娟下。

【屈原走出右侧区域。

屈　原:大王心里只有国家,郑袖心里只有太子,她心里只有唐昧,唯独屈原心里什么都有。不可以,屈原怎样做都不可以。橘树!橘树!

【舞台右侧推出一株橘树。

【屈原抽剑。

屈　原:端直是美?这是我被修剪的样子,斩开树皮,就可以看到我的人欲。她越是直爽,越令我激奋。她独特的想法使我快乐,可我也贪恋身体,贪恋她眼里的池水和怀抱里的热浪。朝堂的挫折和空虚,让我想用爱来填补。这一株是你,另一株是他,我在哪里!来人,把这些砍折的枝杈扔走!把这些打落的果实埋葬!我心里真是痛快!(笑)来人,告诉我她看见这些残木,是不是在哭,给我仔细讲一讲她现在的痛苦!(笑)

【屈原愤而挥剑,却又怆然而停。

【推出橘树之人竟是唐昧,头披黑纱。

唐　昧:连我也要砍杀吗?

屈　原:我不知道。你头戴黑纱,这是你的魂灵吗?我梦见你我对饮谈诗,你自知胜不过我,但婵娟的眼睛始终在望着你。

唐　昧:我是你唯一的朋友。婵娟让与你,我放心。

屈　原:谁要你让!我本就胜过你,只是我渴望的,却得不到。

唐　昧:如果我死了呢?

屈　原:我一定会为友情而哭;也会为得到情爱而笑……我不会表达,别人觉得我古怪,但我是最有感情的人。唐昧,我不像你那样违心,你对婵娟既爱又怜,却不敢说破。

屈　昧:我若说破,你岂不是更没有希望?

【屈原眼光闪亮。

屈　原:这是我母亲留下的骨珠,我送与婵娟,怎么会戴在你身上?

唐　昧:屈原,你自高自大,性情激烈,在朝中谁肯和你做朋友。不如你也将我杀了,什么朋友,什么情爱,从此消除内心的煎熬。

屈　原:难道我不敢?

唐　昧:那就杀吧!

屈　原:好,杀你!

唐　昧:来,用你的剑。

屈　原:杀!

唐　昧:杀! 我虽生犹死,快来解了我身在异域的茫然之苦。

屈　原:(癫狂而笑)对,她不要我给的欢乐,那就杀了你,让她痛苦!对!我杀了我最好的朋友,不,我唯一的朋友!

【屈原再寻唐昧,唐昧已隐而不见。

【屈原颤剑前行,望见橘树,遽停。

屈　原:这一株是你,另一株是她,我在哪里!

【屈原止笑转悲,内心溃决,剑落于地。

屈　原：我怎能杀朋友，我更不要她痛苦……可是我在哪里？

【丝弦声尖利，缓长。

四

【秦(武)王从中上。年轻,勇猛,壮硕。

【众武士背弓搭箭于后。

秦　王:秦王嬴荡,孔武好戏,尤其扛鼎角力。先帝惠文王西平巴蜀,南下商於,破六国合纵,可惜只活了四十五岁。先王喜欢养纵横家——公孙衍、张仪、司马错,我喜欢养大力士——任鄙、孟说。

【两武士应声上前。

秦　王:抬。

【武士架起秦王,走向台口。

秦　王:打仗还得是劲儿大、刀快。昨天,公孙衍、司马错联名奏请,要我照会楚王,杀了张仪。

【武士放下秦王。

秦　王:我不能学先王,即位就杀相国。抬。

【武士再次架起秦王。

秦　王:这些纵横家呀,横的要竖的死,竖的要横的死,不都学的一本书?明天来个圆圈的,咱们全死了!

【秦王压住身子,武士勉力支撑。

秦　王:放下来吧!

【武士放下秦王。

秦　王:跟扔东西似的!秦国就找不出一个比唐眛力气大的人?

任　鄙:他不过是个奴隶。

秦　王:今天我让他当将军。

孟　说:唐眛见大王从来不跪。

秦　王:我还要拜他当老师。请唐眛。

【唐眛上。

唐　眛:大王。

秦　王:唐将军,先王在世时并没有为难你,我也是十分尊敬你的。

唐　眛:大王如果尊敬唐眛,请准许我回到楚国去。

秦　王:可以,但要等到我并吞楚国之后。

唐　眛:楚国虽然羸弱,但也不会任人宰割。何况左徒屈原雄才大略,楚国在他的美政之下一定会发展壮大。

秦　王:我秦国农业丰茂,军士勇敢,历代君主选贤任能,同心同德。

唐　眛:我们楚国小儿都知道的一句口谚,叫亡秦必楚。

任　鄙:大王,唐眛该杀!

孟　　说：唐眛该杀！

【秦王不以为意。

秦　　王：(笑)何必分楚和秦，结束割据，完成一统，难道不好？我要建立一个更大的国家，让天下只有一个王，只有这样，才能永绝战事。上百个国家，打了几百年，大国剩下七个，我不做这件事，别的王也会去做。唐将军，你不帮我，难道能阻止这个法则吗？

唐　　眛：那要死多少将士！只为完成君王之梦。

秦　　王：当年楚庄王问鼎，还不是想系天命于自己身上。说到庄王，为何楚国出力士？如果楚庄王在世，你和他谁的力气大？

唐　　眛：传说庄王力能扛鼎……你也可将秦国铜铁收集起来，制几个鼎。

秦　　王：你可愿教我？

唐　　眛：看你的悟性。

秦　　王：好！孟说，冶铜铸器，此事你办。

孟　　说：是。

秦　　王：唐眛，我封你为大将军，统领秦军，为我完成一统。

唐　　眛：谢大王。请大王赏刀，以示封赐。

【众警惕。

【秦王示意。

【任鄙递上佩刀。

【唐眛挥刀划过脸庞。

【众皆惊骇。

唐　昧：唐昧眼瞎，带不了兵。大王制好高鼎，再叫唐昧。

秦　王：快传太医！

【丝弦短促。

【右侧光灭。

【左侧起光。

【郑袖服侍楚王。

楚　王：秦国送来照会文书，新君登基，愿与我交好，还要履行秦国先王归还楚国汉中之地的承诺，约我在武关会盟——

【楚王衣不严整，轻薄短衫，将郑袖压在身下，锁其喉咙。

【郑袖气阻挣扎。

楚　王：文书上说，楚王英明神武，秦愿与楚从亲，娶楚王之女。从此，秦王是楚王的儿王。

【楚王志得意满，忽而忧虑。

楚　王：你为我拿个主意……这件事我断不了。

郑　袖：秦国虎狼之心，大王此去如同鸟投罗网。

楚　王：文武百官却让我去，为何？

郑　袖：秦将芈戎和白起已经连夺八座城池，你若不去，郢都危矣。文武百官是要把大王送出去求和。

【楚王颓丧。

楚　王：他们跪在殿外请愿，让我为楚国百姓考虑。他们还不是担心自己的命！道德义理，人多嘴多。那年让我出兵的是他们，今天让我求和的也是他们。都说王是主,我看,王倒是臣子的奴仆。

　　郑　袖:要是唐眛在就好了……屈原是对的。

　　楚　王:他长得俊美,文辞漂亮,可我讨厌他的聪明。或许他有些办法和本领,但他更应该显示出是在执行我的意志,而不是总要比我先知道结果。

　　郑　袖:也许大王是嫉妒。

　　楚　王:嫉妒?

　　郑　袖:大王曾说,嫉妒乃是人之本性。

　　楚　王:我说的是女人。

　　郑　袖:男人嫉妒美貌,恐怕甚于女人。

【楚王嗅腋下。

　　楚　王:楚风楚韵虽好,可我不能用一颗写诗的心来统一天下……我走之后,国不可无君。

　　郑　袖:听大王安排。

　　楚　王:其他妃嫔,总希望自己的儿子被立为太子,而你却从没和我讲过这样的话,一心让子兰读书。子兰聪慧温顺,但熊横自小在秦国为质,有这份仇恨,将来必然果决刚正。我决定立熊横为太子。

　　郑　袖:熊横,真正的南后之子。

　　楚　王:子兰可为令尹,辅佐熊横。

【郑袖沉郁,进而绝望。

　　郑　袖:张仪如何处置?

　　楚　王:秦王要我将张仪带回秦国。如果我杀了张仪,就给秦国留下口实,如果带他回去,六国再无安宁之日。

郑　袖：大王断得了吗？

【楚王目光寒冷。

楚　王：你曾和他缱绻欢愉。你断。

【楚王自左下。

【郑袖落寞、孤寂。

【俄顷。郑袖褪衣，散发。

【涓流之声如丝。

【微弱的水滴声，闻之却可以穿石。

郑　袖：我辨不清什么是欢愉，什么是苦难。你的主人要你痛苦，要你欢乐，说破了都是摆弄。割掉魏美人鼻子所流出的鲜血，今天从我心里流出来了。我断？我断得了生死，还是断得了命运？女人活下来，只为了成全男人。嫁给王侯，成全父亲；生养子嗣，成全夫君；转手进献，成全社稷；陪葬入土，成全亡魂，在羞耻里过完一生。子兰，我的儿啊，母以子贵！你要知道，我不是用肚子生了你，我是用伤疤和屈辱生了你！

【郑袖身上之光灭。

【水滴声良久。

五

【舞台降下一只捆束的公鸡。
【女巫取鸡作法。
【楚王在台阶远方,两侧武士随行。
【郑袖阶下送别。
【男巫趋前解释。

男　巫:鸡卜之术乃古法,由吴越传入。

楚　王:这里原来不是有座河伯的神像吗?

男　巫:神像被人推入河中,化作泥水,占卜之事只能用公鸡了。

【女巫已经杀鸡取骨,此刻呈送上来。

男　巫:大王请看,这两根鸡腿骨长短一致,既直且正,为大吉之兆。大王就要离开楚国,我们祈祷大王像天神东皇太一那样,继续赐福于我们!

【男巫跳神。

女　巫:(唱)灵偃蹇兮姣服,芳菲菲兮满堂;五音纷兮繁会,君欣欣兮乐康。

【屈原上。

屈　原:谁又在唱我的《东皇太一》!

【巫祝退在一旁。

屈　原:《东皇太一》乃是祭歌,应选在春天的吉日。你们如此欢送大王,不知意欲何为?

楚　王:屈原,他们把我比作天神,你难道不高兴?

屈　原:大王就是天神,今天也不可去! 秦国屡次戏弄楚国,先是用商於六百里之地破坏楚国与齐国的联盟,又假装用汉中之地与我修好,囚禁唐眛将军,如今再以联婚之名请大王赴秦会盟。试问,若是修好,何以用兵破我八城! 大王要为自己的安危着想,要为楚国的国运着想啊!

楚　王:今日我去武关与秦王会盟,以免杀伐征战。

屈　原:秦王自称儿王,这个儿子迟早要杀掉父亲的。

楚　王:儿子长大后,总会对父亲拿起匕首。我去秦国,内对得起臣僚、百姓,外不贻秦王口实,于仁于德,都不亏欠。

男　巫:大王仁德,换来楚国百姓安宁。

女　巫:楚国厄运,都来自屈原对天神的不敬。

屈　原:大王被仁德胁迫,就不是仁德,而是愚昏。

郑　袖:你说什么!

屈　原:大王一再被秦国戏耍,是不是愚? 破合纵、毁美政,是不是昏? 自从丹阳战败,大王变得反复无常、刚愎不逊。楚国步步陷入深渊,都因为大王不甘心受骗,一错再错。

郑　袖:屈原!

屈　原:大王不知振奋精神,反信巫鬼,请大王自省。

楚　王:帝王生下来,志在天下而不在一国。秦有商鞅、张仪,几十年来国富兵壮,我有何人?

屈　原:我已为大王想好,小国还有宋、鲁、中山。楚可先伐宋,再灭鲁。对外使用武功,对内实行美政,霸业可成,天下可期。

【楚王大笑。

楚　王:霸业还是美政,你以为在写诗吗? 秦师近在关外,你能否追上秦国崛起的脚步? 我能否等到? 楚国能否等到? 屈原,你也许有见识,可我厌恶你的态度,国运不在你屈氏的文章上,而在我熊氏的血脉里。

屈　原:无人可用,何必要我出任左徒? 不在意文章,又何必让我作楚风楚韵?

楚　王:你也只此一技可以傍君。

屈　原:原来在大王眼中,我与为人消烦的倡优无异。

【屈原意冷。

【楚王得意。

楚　王:屈原,你是不是感受到了被人轻视的滋味? 记住,你是王的奴仆。

屈　原：大王不是我的王。
楚　王：可你却要向我跪着。
屈　原：大王没有给我精神和灵魂。
郑　袖：可是大王能够消灭你的精神和灵魂。
楚　王：不是消灭，是成全。我成全你，去寻找你的精神和灵魂吧。将屈原逐出郢都，流放江南，所有文章，全部禁绝。
【两武士以戈相拦，屈原无法上前。
男　巫：大王英明！
楚　王：英明？
女　巫：大王请听，官员和百姓们都说大王英明！
楚　王：只有屈原不让我走，而我却不是他的王。你们两位随我一同去秦，为本王掌梦。
男　巫：啊？大王！
【男巫惊颤而跪。
【另两武士挟巫下。
楚　王：(沉声)为我戴上王冠，穿好王袍。
【郑袖上前服侍，惜别。
【楚王抓住郑袖的手，深有意味。
楚　王：(悄声)今晨五更之时，我命人去取张仪的头，此刻还未送到。
郑　袖：大王……
【郑袖欲跪，楚王阻止。
楚　王：我既然让你断，就不该又改变主意，是我失信了。以后我什么都不管了，此刻是我做王以来最轻松的时候。(朗声)所有官员,谁也不要送,你们把眼睛睁大,看着我离开楚国。

【楚王自左下。

【屈原甩去官服,露出素衣孝服。

屈　原:大王一定要走,屈原留不住,百官都来欢送,百姓跪谢王恩,屈原就来为大王送葬吧!

郑　袖:屈原,你依恃才华冒犯大王,衣衫不整,赶快退下。

屈　原:我衣衫不整?南后的衣衫不知是不是忘在了牢房!

郑　袖:你!

屈　原:张仪昨夜破牢而逃,你难道不知情?

郑　袖:他既不能回秦,也不能留楚,逃亡是他的命运。我羡慕你和婵娟之间的情愫,从没向他人说破,可是你对我憎恶指摘,我何以如此不堪?

屈　原:我对婵娟发乎情,止乎礼。

【郑袖悲从中来。

郑　袖:是你从未得到,才不了解得到后的彷徨。大王这一走,有去无回。逃一个也好,我的男人不能都死了。

【郑袖自右下。

屈　原:楚国啊!刚愎的君王,逐利的臣僚,跪着的百姓,你们嘲笑我屈原,我被大王流放,你们将被你们的心流放,从此我们谁不是流亡之人!(悲歌)

魂兮归来! 东方不可以讬些。

长人千仞,惟魂是索些。

十日代出,流金铄石些。

彼皆习之,魂往必释些。

归来兮!不可以讬些。

魂兮归来!南方不可以止些……

【屈原踉跄,背身。

【笙音哀婉。

【少顷,屈原转身。

屈　原:楚王至,秦王闭武关。要楚王割地,楚王不允,秦囚楚王于咸阳。楚太子熊横立为王,乃告天下曰——国有王矣。

【略停,屈原自右行至舞台中央。

屈　原:学馆被关闭了,我离开郢都,汉北和江南,倒都变成了喜欢的地方。婵娟跟随我一路流亡,却不以为苦,她总叫上我,去看红的天,蓝的水,山中的怪石和林中的精灵。要不是她在,我不知道要阴郁成什么样子。让她跟随我过这种窜逐的生活,我不忍,可我的私心又在说,别让她走。

【屈原坐。

【婵娟执烛与衣物上。

婵　娟:先生的衣服已经晾晒好了。

【屈原轻闻。

屈　原:你的衣服上也可以撒上些杜衡和芳芷,这两种味道经阳光照射,香气浓郁。

婵　娟:先生还要继续写《离骚》么?

屈　原:大王尚在秦国,太子熊横却自立为楚王,这等于告知天下,他不要父亲了!我哪里睡得着!我想立即回郢都,当面质问熊横,君臣之道何在？父子之情何在？我要写篇文章!(提笔犹疑)君臣,父子……如何破又如何立呢?

婵　娟:先生常常在意衣服的颜色和味道,美于其他的男人,实在自有乐趣。又为国家琐细的事睡不着觉,为此消瘦,实在没什么出息。

屈　原:你说国家是琐细的事？

婵　娟:诸国之中,齐最富,楚最大,秦最强。我从齐国流亡到楚国,从唐将军府上辗转到先生的学馆,现在随着先生流放,在王的天下里逃亡,我到底是哪里的人呢？我多希望哥哥活着,他不为齐国死,也不为楚国死。只要他活着……

屈　原:你的看法总是很独特。我还想过帮大王取天下,伐宋灭鲁,会生多少亡魂？我从不服输,可我以为,最伶俐聪明、能看透世事的人,都是女人。小时能猜透我心思的,总是我的母亲,她比父亲通透明达,她的直觉胜过我父亲的道理。想念啊,她走得太早了。你也是那样通透,那样光明……上次我砍折了橘树,你没有一句指责。

婵　娟:家破人亡,总会逼着人多想些事情。

【婵娟沮丧。

【屈原转移疏导。

屈　原:婵娟,你看对岸,不知什么人新种起来的橘树。碧绿繁茂的树叶,芬芳馨香的白花。

婵　娟：还结出了酸甜的果子！

屈　原：你看得牙都倒了，没出息。（思忖）刚刚你好像说我没出息。

婵　娟：何止没出息，行文里全是忧愤和牢骚。

屈　原：也只有你嫌弃我的行文。

婵　娟：不是嫌弃，是小气。先生的《离骚》里说，"荃不察余之中情兮，反信谗而齌怒"，这不是埋怨大王听信谗言，又向大王表忠心吗？以先生的格局，楚材晋用，走到哪里都会得到重用，而你却只顾在文章里抱怨，先生说是不是小气？

屈　原：小气嘛，被你说中了。但是楚材晋用，我倒是想和你说一说。不说别人，就说我与张仪。他做事取己，我做事取道。他以实现自己为目标，我则要对大王讲一个"义"字。

婵　娟：先生难道认为取己应该受到责难？

屈　原：不。他出身贫苦，游说诸侯，哪里能成就他，他就去哪里。而我是楚国贵族，对国家负有责任，就不能像一个门客那样楚材晋用。

婵　娟：我知道先生心地纯正，既不能高飞出去楚材晋用，也不会深藏起来明哲保身。但先生既然知道大王负了你，又何必苛求自己。

屈　原：这就是我刚刚说的"义"字。大王被囚在秦国，却没有贪图性命，割给秦王一寸土地，也是讲义的。孔子时讲礼，今天礼已不存，要是连"义"也没有了，人就不知道要坏到哪里去了。

【婵娟笑。

屈　原：你笑什么？

婵　娟：做学问的先生，总是认为古的就是好的。

屈　原：难道不是？

婵　娟：我不知道。我只知道，每一年的橘树都比去年粗壮，每一年的兰花都比去年芬芳。你没有亲眼见过古人，怎么知道古人就是好的？而树和花，是我们天天可见到的。

屈　原：这个问题，我也问过我父亲，我还怀疑，他讲的一些故事是神话。

【婵娟笑。

屈　原：又笑什么？

婵　娟：自己疑古，却作千古文章，这不是给后世人添乱？

屈　原：那我问你，你每天看那些树木，它们被人修剪，这些树还是你最初看到的树吗？

婵　娟：这……

屈　原：如果把修剪下来的枝叶再栽成一棵树，哪棵树才是原来的树？每一代人有每一代人的看法，拿别人作自己的文章，所以才会添乱。可我总要有地方发发牢骚吧？索性，我发完牢骚，将这些竹简都烧掉，省得拿我做文章。

婵　娟：好主意，先生，我帮你烧！

屈　原：烧！烧！烧！全都烧掉！

【屈原作势欲焚。

【婵娟抢过竹简,抱在怀中。

婵　娟:先生!婵娟见先生苦闷,刚才是在说笑。人们若读不到《离骚》,可是婵娟的罪了。

屈　原:我想知道,《离骚》里有没有你喜欢的句子?

婵　娟:有。"及荣华之未落兮,相下女之可诒",趁着树上的花还未谢,要尽快寻找能够馈赠的美女。这段求女的想象,最是有趣,可一点不像牢骚了。不过,我最喜欢的,还是那首《湘夫人》,"沅有芷兮澧有兰,思公子兮未敢言",湘君和湘夫人错过了相会的时光,相互思念却不敢明说。

屈　原:你喜欢?

婵　娟:非常喜欢。这是先生的性情。

屈　原:你觉得有情?

婵　娟:有情,有自由。我喜欢这样的文章。

屈　原:世上万种珍宝,唯知心最贵!婵娟,我写这些词句的时候,正是想到了你——

【屈原情不自禁。

【婵娟不拒,倏而抽回衣袖。

屈　原:(自嘲)先生不可,我知道,不可。

【婵娟说得轻巧,欲用玩笑释然,却句句点在屈原心上。

婵　娟:先生偏偏喜欢那些不喜欢自己的人。大王不喜欢先生,先生就喜欢大王。婵娟不喜欢——

【屈原面色沉郁,忽然恼怒,抢过话来。

屈　原:婵娟不喜欢屈原! 不喜欢,为什么? 不可,有何不可! 被人拒绝已是耻辱,还要干脆地说出不喜欢,用这样的话刺痛我。

婵　娟:(解释)我只是——

屈　原:(不理) 我从没强求你什么, 但以后不会了! 不管你喜不喜欢,你是我的侍女,我想做什么就做什么。我拥有的,我是主宰者!

婵　娟:(愠色)我岂止是侍女,还是地里的庄稼,屋子里的床榻,是牛,是马,是一切被主人使用的东西。

屈　原:说对了,主人若想使用——

婵　娟:不许拒绝,不许怨恨,还要受宠若惊。

屈　原:你做得到吗?

婵　娟:请主人使用。

屈　原:别以为我有顾忌,我不在意,我做得出来!

婵　娟:(不卑不亢)请主人使用!

【屈原冲上前。

【停顿。

【婵娟站定,屈原却手足无措,继而颓败。

屈　原:……我从没把你当作侍女。我的心怎么会突然癫狂,说出那些无情的话。切齿咬牙,恣意伤人,我竟还有这样一副嘴脸!

【屈原以手捶头。

【婵娟体谅,情绪缓和,挡住屈原的手。

婵　娟:先生! 先生! 我不怪你。心有不甘,话才无情。

屈　原：……我从没把你当作侍女。

婵　娟：婵娟知道。可人都有两颗心，一为不决，一为不死。大王合纵之心不决，联秦之心不死。先生做文辞之心不决，做政论之心不死，而婵娟只有一颗心对唐将军。

【婵娟背身。

屈　原：世间能揭破我又慰藉我的，竟是一个女子。引领我的，也是这个女子。我不知道，她还能陪我多久，我也不知道，我们会再被流放去什么地方……但我知道，她心里苦苦思念的人，不是我。我还写什么情！写什么自由！……

【屈原背身，焚烧竹简。

【丝弦声如诉如泣。

【婵娟回身。

婵　娟：先生，我懂。有情的人，谁不是两眼泪千行，心内一寸灰。我对你说不可，当初唐将军对我说的，也是这两个字。他说，你兄长败在我手，导致诛灭家族，你应该杀我……可我淡忘了杀的心，却听到他对我说，不可。

六

【板鼓铿锵。

【武士抬秦王上。

秦　王：楚王不给我他的土地，我连打十余仗，水灌鄢城，又拔郢都。国家应该是年轻人的国家，二十岁可以捏碎四十岁的骨头。放！

【武士放下秦王。

任　鄙：大王，楚王昨夜逃出咸阳。

秦　王：跑到哪里去了？

任　鄙：跑到赵国，但是赵国——

秦　王：赵国不敢收留他，因为合纵已破。

任　鄙：他又向魏国的方向逃了。

秦　王：现在呢？

任　鄙：抓回咸阳，途中病发身亡。

秦　王：让他归葬楚国。你遍寻香草，撒在棺木四周，再预备好鼓、竽、瑟、磬，让巫觋各司其职。楚人最信鬼神,他是一代君王,本王也要斋戒更衣,请神灵把他安详地带走吧。

任　鄙:大王,没有楚国了,楚国已被并入秦国。

【郑袖自左上,服发凌乱。

郑　袖:亡了,终于亡了!儿啊,不要哭,不要害怕!趴到我的身上来,让我背着你走上最高的位置!

【郑袖屈身,仿佛背起真人。

郑　袖:这么高的山,都是用男人的血填成的。这么湍急的河水,都是女人的泪汇聚起来的。山和水生下了你,你就要舍得流血和流泪。须知平生长进,都在受辱受挫之时。儿啊,你趴稳,不要在我的身上颤抖,我知道你嫌弃母亲卑微的身体,可是,母亲的低贱成就你的尊崇!走,我带你走上最高的位置!

【郑袖下。

任　鄙:郑袖与子兰谋反,已被楚王之子熊横诛杀全族。

秦　王:熊横呢?

任　鄙:被我囚在地牢。

【秦王轻蔑。

秦　王:杀。

任　鄙:大王为何厚葬楚王,而诛杀其子?

秦　王:厚葬,是过去的礼。诛杀,是未来的患。

【任鄙及武士跪。

秦　王:仔细寻找张仪下落,相国对秦国有功。

【秦王以手比刀,语露杀意。

【孟说、唐昧上。

【唐昧蒙眼。

孟　说：大王，龙纹鼎已制成，规模之巨远超周天子礼制。

秦　王：有没有人举得起来？

孟　说：合二十人之力安如磐石。

秦　王：以唐将军神力呢？

唐　昧：唐昧目不能视，心余力衰，放眼九州能举起此鼎者，唯大王一人。

秦　王：唐将军，你知道我们现在何处吗？

唐　昧：湘水是楚国境内最大的河流，被我们视为爱之河，湘君和湘夫人每年都会得到祭祀。我好像听到了人们在唱屈原的《湘夫人》。

秦　王：你听错了。那不是楚国的《湘夫人》，而是秦国的《无衣》。世上再无楚国。（高歌）岂曰无衣？与子同袍。王于兴师，修我戈矛。与子同仇！……

【唐昧强忍痛楚。

秦　王：孟说，遍寻楚地，找到屈原。

孟　说：是。

唐　昧：大王要杀屈原？

秦　王：我要让他把湘君和湘夫人都变成我大秦的神话。我知道屈原是你最好的朋友，等他为我著完大秦神话，我不杀他，也不再用他。先王曾告诫我，不许养文学侍臣，更不许叫人写诗夸自己，因为一个好孩子会被捧坏的。

唐　昧：今日秦楚一统，大王应该展示武力。

秦　王：唐将军，你说那龙纹鼎，真的只有我一个人能举起来？

唐　昧：大王神力，天下归心。

秦　王：好！强楚已亡，我要向人们展示秦国的力量。年轻的国家，一个年轻的君王，他向所有阻碍他的力量宣战，他把所有自称古老的规则踩在脚下，碾成灰土。禹筑九鼎，传夏、商、周三代，它只属于过去，而我举起的是未来！

唐　昧：大王神力！请大王扛鼎！

【舞台后方升起巨鼎。

【秦王缓步而去。

唐　昧：人以为力士用的都是腰力，不知道将腰上的力卸去，才得到自由。这腰上的力，贯到肩膀，再到头顶，直至双眼，乃为意念之力。这意念之力，来自血脉精神，甚于身上之力千倍。

秦　王：唐将军教我这么多年，只有今天我感受到了意念之力。

【秦王举鼎，力不能逮。

唐　昧：这千倍之力来而不往，将它卸至两膝。

秦　王：我的腿要断了……

唐　昧：不能放！秦缪公十二年，晋国大旱，来向秦国请求援助。缪公仁德，那运粮的车船，绵延不绝送到晋国。两年后，秦国也遇到了饥荒，请求晋国援助，晋国却发动军队攻打秦国。这种背叛如何能忍！

秦　王:先王告诫,不可相信秦晋之好。我们血液里流淌的都是仇恨!仇恨制造恐惧,恐惧才需要王的保护。是仇恨造就了我的国家!我的心要炸了!

唐　昧:这仇恨你不可放下!让仇恨充满你的全身,气过之处,血脉膨胀,让血液在体内爆炸,从此脱胎换骨!

秦　王:脱胎换骨……啊!

【秦王终于不支,惨叫而亡。

【众武士扑倒。

武　士:大王,大王!

【任鄙跑向台口。

任　鄙:秦王眼出血,胫骨折。夜,气绝而亡。

【唐昧笑,既悲且喜。

唐　昧:楚国啊,我终于为你报仇了!(歌咏)带长剑兮挟秦弓,首身离兮心不惩……

【武士冲向唐昧。

【任鄙及武士刺唐昧。

唐　昧:……秦武士杀唐昧。婵娟,我无法赎罪了,而我再也看不见你的样子,这是我最大的遗憾!

【唐昧气绝。

【笙音起,悲而烈。

七

【江水拍岸之声。
【声音缓和,时隐时强。
【屈原坐于一侧,如开场时装束。
【另一端之人头戴斗笠,身披蓑衣,渔翁装扮。

屈　原:这条江,南支称汨水,北支称罗水,汇合而称汨罗。今天,是五月初五。

渔　翁:楚国国土辽阔,现在退守陈城,名存实亡。不如都尽快逃走了吧!

屈　原:我要祭奠我的朋友。

渔　翁:我看你已在此祭奠三天。

屈　原:我的朋友姓唐,听说他死于边野。这一切都怪张仪。

渔　翁:为什么怪他? 他如今也和你一样,是没有国家之人。(歌咏)诚既勇兮又以武,终刚强兮不可凌。身既死兮神以灵,魂魄亦兮为鬼雄。

屈　原：你唱的是《国殇》。

渔　翁：闻名天下的《国殇》。

屈　原：英灵不泯，精神不死。可惜渔翁，你只会打鱼。

渔　翁：众人都说自己清醒，我也以为我打鱼，不知道是鱼诱我。

屈　原：你是……

【渔翁摘下斗笠，乃是张仪。

屈　原：张仪？

张　仪：屈子还想杀我吗？

【屈原拔出佩剑。

屈　原：剥皮饮血。

张　仪：我们两个没有国家的人杀来杀去，又为了什么？

屈　原：我问你，你离秦赴楚成为阶下囚之时，是不是就为秦王定下了后世的计策？

张　仪：不错。一个相国换一个庶民。再之后秦楚从亲，在武关囚禁楚王，白起破楚，都是一套连环的动作。

屈　原：南后谋反，也是受你的鼓动？

张　仪：她心不动，难道会听我鼓动？

屈　原：现在秦已灭楚，你为何不逃回秦国？人们都说，你有才有能，是秦国的第二个商鞅。

张　仪：商鞅……车裂。我们不过是跪在大王身边，贩卖学识口才而已。

屈　原：站不起来？

张　仪：大王的女人都要跪，何况贩卖知识的人。

屈　原：你为贩卖！我打击贵族势力，哪个百姓不说好？

张　仪：哪个百姓自己不想成为贵族？屈子就算放逐，不是还有家族的封地？

屈　原：我推行君明臣贤的美政，提倡美好的风气，为何总被忽视？

张　仪：你的美政，总是从个人出发，却没有回到个人上来。你要人们为美付出，可他们应该得到的呢？在哪里？屈子，无论怎么变革，财富和学问都要由大王和公族来掌管。天下人分得的只剩贫穷和愚昧，越贫穷愚昧，越沉醉在宏伟蓝图里，于是心中越渴求有一个大王。

屈　原：如何能回到个人上来？

张　仪：此大王吞并彼大王，为做更大的王，所以最终也是回到大王身上。既然如此，我们永远是奴仆。奴仆，就为跪得近些而奋发。

屈　原：为何要跪那么近？

张　仪：为鉴赏，也为把玩，这是奴仆和主人的关系……张仪家贫，兄嫂嫌弃，我勤奋刻苦，拜在鬼谷先生门下，学习纵横术及辩论法。鬼谷先生器重，曾对我说，四方强国，横则秦帝，纵则楚王。我来到你们楚国，谁知公族贵胄拿我当作倡优，还诬陷我偷盗他们家中的璧玉，将我打得遍体鳞伤。我辗转赴秦，路过东周国，东周国国君盛情，可你们那顿鞭子将我的心气打高了，我要成伟业,谋大事。我断然拒绝了东周国的盛情,直奔秦国,誓破六国合纵。这是为尊严!

屈　原:倡优……原来你与我一样。张仪,你怀疑过你的父亲吗?

张　仪:我是庶子出身,得到的是一种饲养。

屈　原:(感同身受)饲养……大王让我写诗文,我感恩大王让我写诗文,我写诗文颂扬大王……

张　仪:我从不抱怨世道。我知道我的命运,你也知道你的命运,就连商鞅,何尝不早早就知道了他的命运?书上说天地闭,贤人隐,生逢乱世应当隐居不仕,可是我们不甘心啊,还想炫耀才华。

屈　原:合纵已破,楚国已亡,我心中只有忧虑。

张　仪:你忧虑楚国命运,才有《离骚》。忧从何来?从我张仪来。你成就我的政论,我成就你的文章。(庄重)屈子,我在此等你,就是为了向你深施一礼!

【张仪长揖。

【张仪欲走,屈原喝住。

屈　原:(再次提剑)张仪,你的心里就没有一丝亏欠吗?我们各为其主,不说国家,难道对南后,你也毫无怜悯?

张　仪:世人看我,近乎冷血,只有南后对我说过些温情的话。可这温情背后,是用伤疤换取的。

【张仪褪衣,露出同郑袖相似的伤疤。

张　仪:别人之恶施加在她身上,她施加于我身上,我身上背负着双重的恶。她又把这恶说成是爱,我已分不清楚。请问屈子,谁来怜悯张仪?

【屈原哑然。

张　仪:你与我都是器具。屈子还要杀我吗?

【屈原静默,剑已垂下。

屈　原:……我最后问你,唐将军可有坟冢?

张　仪:他就在这条江里。

【张仪自左下。

屈　原:我对美政自以为傲,还没实现,天下就改变了。难道我真的只会写诗?不想写诗,他人偏看重你的诗,是我生不遇时,还是时不待我……(徘徊于江边)张仪说得对,不该抱怨世道。只叹我想开时代之风,却被时代甩在了后面,讽刺兮?嘲弄兮?悲兮?笑兮?!这汨罗之水滚滚而来,它留下什么?又带走了什么?唐将军,你不在,我这些话能对谁说?

【婵娟自右上,放下包裹。

婵　娟:(望河而叹)唐将军……

屈　原:婵娟……

婵　娟:唐将军已化作鱼,活在这条江里。

屈　原:如果当初我向大王据理力争,我愿代唐将军去换张仪,楚国也许不是这样,唐将军也不会身首异处。谁想到犯言直谏的左徒其实一点胆量也没有,怕王,怕父亲,怕生命,怕情感……,婵娟,我始终不敢说起这件事,如果我当初……婵娟,你怨恨我吧?

婵　娟:这不是先生的错,先生改变不了的。就如同我哥哥戍疆而死,难道是唐将军可以改变的吗?哥哥、唐将军、先生,都是婵娟最亲最敬的人。可我总是这样的命运,失去一个身边人,才换来一个身边人。所以婵娟早已没有怨恨,唯留珍重。

屈　原:你说不是我的错,可我没有半点苟活的勇气。我失去自由太久了,我对自由也没有了希望。我没有去处,没有了朋友,我追求一生的事情也失败了。

婵　娟:先生还有文章。

屈　原:楚国不存在了。无论我有多少哀怨,这里都是我的家,是生养我的地方,就如同我的父亲,我对他怀疑,与他争论,可他总会出现在我的梦里。我的心离不开这里,我会永远为她快乐,为她哭泣。再说,哪还有什么文章,都烧掉了。

【婵娟自包裹中取出帛书。

婵　娟:先生每写完一册竹简,我都会抄录在帛书上。你是心里有天下的人,这就是为天下人写的楚风楚韵。

屈　原:婵娟,你是我的……知己。

婵　娟:若有来世,婵娟不做知己。

屈　原:那做什么?

婵　娟:愿做橘树。

【婵娟情意深深。

【屈原感喟动容。

屈　原:屈原死而无憾。

【屈原视剑。

婵　娟:先生想到了死?

屈　原：失去了希望,只留下生命……难道像张仪那样残喘于世？伏清白以死直兮——为正道而死,是前代圣贤所推许的。

婵　娟：先生错了。

屈　原：父亲说,君辱臣死。

婵　娟：父亲错了。

屈　原：南后说,死亡成就诗人。

婵　娟：南后错了。

屈　原：他们说这是气节。

婵　娟：软起来磕头,硬起来就是死。拿气节治病,聋没治好,倒治成了瞎子。先生死了,做了他人理想的忠臣,难道他人会增长一份气节？

屈　原：你刚才也提到了……来世。

婵　娟：我与先生不一样。先生若开了诗人投江的先河,不怕后世效仿你？气节这种事,何必用死来证明？

屈　原：可是,不要以为我看不出你的心。

婵　娟：是的,我想过横下一条心,追随唐将军而去,但先生的《离骚》里净是死也不悔的句子。

屈　原：所以你陪着我,可怜我。

婵　娟：先生不也是一直陪着我,可怜我？我们有一人弃世,另一人决不会苟活。

屈　原：至情至性。我们都是至情至性的人,什么发乎情,止乎礼,有多少次,我想让情带着我走,挣开礼的管束,不论是心底的冲动,还是邪恶的幻想,我想冲破它们,管他是不是犯错,管他什么后果,全由自己的身体做主。婵娟,我哪里有什么君子之美,在燃烧的情欲里,我常想做一个粗人。

婵　娟:我何尝没有想过,但摆脱不了这颗心的折磨。因此,我要离开先生。

屈　原:不可。

婵　娟:世上可以没有婵娟,却要有屈原。

屈　原:不可。

婵　娟:先生!人都有两颗心,一为不决,二为不死,而婵娟只有一颗心。

【婵娟笃定,并不悲戚,充满期望。

婵　娟:这颗心与唐将军一起死了,但我愿为先生而活。一个死了心的活人,就像一株兰花,它为一个人开着,便不能被另一个人采撷。这株兰花希望独自地绽放,也许在山林,也许在深谷,只要有人知道,它还在开着,已是最大的价值。

【屈原喃喃。

屈　原:……你决心独自终老?

婵　娟:只有这样,才对得起唐将军,也对得起先生。

屈　原:(恳切)唐眛冷如冰霜,我盛气凌人,我们两个软弱的人,一个不敢接受你,一个非要你接受。软弱的人最残忍,我们耗费了一个女人最自由的年华,让她为难,让她心死。婵娟,你对得起任何人,是我们亏负了你。就在此刻,我看到了你的痛苦,豁然懂了,你应该离开我,但你的心不可以死,而要更自由。那些灭了的国、离开的人,都不能再折磨你。别人打你,你要还击;别人负你,你要转身。你只属于你一个人。

婵　娟:先生……

屈　原:来!你看那边的一丛丛橘树,枝儿层层,果实圆满,它浸透了春雨,浸透了日光。婵娟,去看一看吧,看看它结出的新芽,吐出来的花蕊。

婵　娟:我看到了。

屈　原:去吧!这是我的肺腑之言。婵娟,无论日后遇到谁,都不能再牺牲自己了。你自由,我的心也活了。

【婵娟深深施礼。

婵　娟:先生,我走了。这串骨珠我会一直带在身边。

【婵娟笑颜回首。

婵　娟:先生,你还写诗吗?

屈　原:写诗,那么小气的事。不如遍种橘树,看兰花盛开。

婵　娟:愿岁并谢,与长友兮……先生在《橘颂》中说要和橘树同心并志,一起度过岁月。橘树为约,兰花为念。请先生好好地活着……

屈　原:我活着!

【婵娟下。

【卷起滔滔江水声。

【笙音长远寂寥。屈原孑然。

【舞台上推出几株橘树,如开场时。

【屈原掷剑江中,如开场时。

屈　原：婵娟，愿此剑为你斩去所有的魔祟！你看见了吗，这是我为你种下的橘树……郢都，王的天下，即便回去，我的心依然是在逃亡。这土地上的人，若永远过着不公的生活，它归了秦国如何，归了楚国又如何？我以为郢都是地狱，学馆是天堂，是婵娟把我带回人间。婵娟爱橘树，爱兰花与香草，她是齐国人，爱着楚国的将军。我虽有苦恼但心里无恨，因为她爱着一切生动和真切的生命。那些漂亮的文辞，不过是浮华的云雾，那些实用的政论，不过是黑夜的更替。橘树为约，兰花为念，我们不见，却为彼此燃烧……她才是我的王！

【江水连绵。

【笙音高远。

【屈原侧身矗立，仰望橘树。

【剧终。

【话剧剧本】

三锭金
Three-ingot gold

苑彬

楔子

李八趟：(上)日间挑水三千担,夜间推磨到天明。这两句说的是那些劳苦众生。在下李八趟,不大干得了粗活,在勾栏瓦舍讲讲笑话,也唱点俗曲小戏做营生。今年苏杭水灾,朝廷加派田赋,又有盐船渡河,倾翻在河中,盐使司大小官员数百人革职,数千斤官盐撒落在市肆之间。我总想把这些事搭成个笑话,敷衍成个故事,可惜胸无文墨,荒度时日,只能到处看戏,到处看戏……废话不说,看戏！

王　大：(上)看戏,什么戏码？

李八趟：且说我们这里有位王大。

王　大：错不了,就是我。

李八趟：他白天打鱼,晚上磨豆腐,忠厚老实,童叟无欺。他家里的女人,那更是难得,乃是我们洪阳县里既标致又窈窕的人物。自打嫁与了王大,日子过得像模像样,就连拙手笨脚的王大都变得体面端正了。

王　大：凡事我不拿主意，我听她的。

李八趟：她打你不打？

王　大：打，我认打。

李八趟：罚你不罚？

王　大：罚，我认罚。

李八趟：为什么？

王　大：我听她的。嘿，来了。

第一场　杀鳖

秀　娘：(上)两板豆腐压得瓷瓷实实,二十斤鱼卖了十个大子儿。在这条街上,人都叫我秀娘,三年前离开京城,来到这洪阳县嫁给了王大。看透世态炎凉,阅尽曲中男子,说到嫁人,秀娘我当年有三不嫁。一不嫁官,廉洁立毁怪红颜,没担当;二不嫁士,满口酸腐做文章,没气量;三不嫁商,商人重利轻别离,没心肠。人都说忠厚传家远,诗书继世长,我家王大唯缺诗书,但有的是忠厚。我叫王大上街买面,天到了这时候,他怎么还不回来?

王　大：(从怀中取出布袋)秀娘,秀娘! 我买了二斤白面,你烙饼我打汤。

秀　娘：傻王大,这哪是面,这是盐。

王　大：(尝)哪里来的盐! 我想起来了,刚才在门外我撞到刘捕快,他没头没尾打了我一顿,他拿错了我的面,我把他的盐拿回来了。

秀　娘:这袋子上还有个"官"字！傻王大,快扔了去,这是官盐！

王　大:平日他们都笑我王大傻,今天我可不傻。盐留下来吃,把袋子扔了,谁又知道？(走出)可是不管扔在谁家门前,都是给人家找麻烦……(思忖)还是王大聪明,埋了它！

刘捕快:(上)王大！

王　大:刘捕快。

刘捕快:王大,在忙着?

王　大:埋个布袋。

刘捕快:你一个打鱼卖豆腐的,衣领不见褶子,袖口没有泥团,浑身光溜溜的整齐,究竟是谁给你穿戴的?

王　大:当然是秀娘。

刘捕快:哦,秀娘……自从你娶了她,倒脱胎换骨,光彩了许多。你不知道,多少人羡慕你这份艳福啊！

王　大:嘿嘿,王大也有人羡慕的本钱。哎呀,刘捕快,见着你正好,你把我的面还给我,我带你回家取盐。

刘捕快:我哪里来的盐?

王　大:这布袋就是你的,刚才我撞到你,你拿错我的面,我拿错你的盐。

刘捕快:你少胡扯,这是谁的?

王　大:(退)分明就是你的。

刘捕快:(抽刀,进)谁的?

王　大:(退)你的……

刘捕快:(进)谁的?!

王　大：我的……

刘捕快：这是丢失的官盐！王大，你趁火打劫，官盐私卖，此为重罪，这盐船在河中倾翻，恐怕也是你从中作梗？

王　大：哎呀，你不要冤枉我。

刘捕快：上面没有我的名字，袋子又在你手中。

王　大：我说不过你。刘捕快，你放了我吧，谁不知道王大又粗又笨，胆子又小，干不来作奸犯科的事。

刘捕快：我先搜搜你再说！（翻他身上，搜出三个大子儿，数）才三个子儿，信你一句。剩下的你去公堂上跟陈大人说。上了公堂，八十水火棍，一套大铁枷。

王　大：那就打死王大了。刘捕快，求你个人情。

刘捕快：有人情。我替你说两句软话，黄沙漫漫，发配边疆。

王　大：那我老死在外面了，刘捕快，我多求你人情。

刘捕快：王大，交我一锭十两的黄金，你知我知，咱们还是一场好朋友，让我为了难，你下大狱，好朋友变坏朋友。

王　大：我打鱼、磨豆腐，哪来的一锭黄金？

刘捕快：王大，你有个水珠儿般的老婆，你的钱不到，那就让秀娘的人到。

王　大：刘捕快，你这是打着滚儿地欺负我，王大再老实，一腔子红血还是有的。

刘捕快：（抽出腰刀）你拿命拼我的刀？来来来，王大,你在这刀上死了……金子也省了,秀娘也不用见了。来吧,王大!

王　大:你……那盐明明不是我的!(隐去)

刘捕快:月亮爷,丈丈高,
　　　　骑白马,带腰刀。
　　　　腰刀长,杀个羊,
　　　　羊有血,杀个鳖。

第二场　实话

秀　娘:"寥落古行宫,宫花寂寞红。白头宫女在,闲坐说玄宗。"唉,这宫女等白了头,还在念叨着玄宗,可人家玄宗一世风流,哪里知道你的寂寞幽怨。诗人怀才不遇自比白头宫女,眼巴巴地盼着皇帝想起自己,要我说此诗毫无气度,有饼吃有汤喝,天王老子也不去伺候。有道是,鸟鹊双飞,不乐凤凰,妾为庶人,不乐宋王。

王　大:秀娘,天塌下来了,天塌下来了!

秀　娘:你喊什么?天塌下来咱们忍着,吃饼、喝汤。

王　大:我恰好遇到刘捕快,满心地要将盐还给他,换回咱家的面,可他非但不承认,抬手就要打我。

秀　娘:打着了没有?

王　大:并没有。

秀　娘:咱们忍着,喝汤。

王　大:(端起,放下)他没有打着我,可他又讹我给他一锭金子,要不就告我官盐私卖。

秀　娘:你给他钱没有?

王　大:我哪有一锭金子?

秀　娘:咱们忍着,喝汤。

王　大:(端起,放下)刘捕快还说,交不出黄金,拿我下狱,发配边疆。秀娘,我怕下到狱里去,水火无情棍,套头大铁枷。我向他求情,他却说,他说叫你……

秀　娘:叫我什么?

王　大:我喝汤。(喝下)

秀　娘:跟我说实话,刘捕快叫我干什么?

王　大:我再喝一碗汤。(喝下,看着秀娘)我再喝一碗……

秀　娘:汤碗放下,实话拿来。

王　大:实话?实话……我怕你生气。

秀　娘:说!

王　大:他说我的钱不到,就让秀娘你的人到。我哪里肯叫他这样胡说,我有心一头碰死他,奈何他手里有刀,我若死了,可就再也见不到秀娘了。算了,秀娘,我们无钱无势,大不了逃了去,再也不见刘捕快。咱们忍着。

秀　娘:呸!这刘捕快太欺负人了,我们不吃他一口,不拿他一分,他竟然轻佻浮薄,恶语伤人。王大,你告诉我,刘捕快人在哪里?

王　大:你要骂他还是打他?

秀　娘:我要骂他,就骂得他汗毛倒竖;我要打他,就打得他一溜跟头。

王　大：还是不要去招惹刘捕快了，我们是民他在官。秀娘，汤喝饱了，我去睡觉，一睡着了就把白天的苦忘了。唉，说困就困，说着就着。

秀　娘：你睡吧。我要想想刘捕快。

王　大：（昏昏欲睡）想他做什么？

秀　娘：我去他家送一碗热乎乎烫嘴、冷飕飕穿心的胡辣汤。

王　大：净说笑话，他要金子不要汤。

第三场　捐资

【在一曲悠扬的古乐中,苏员外和陈县令上。

苏员外:(醉醺醺)一生心性好风流,虚度光阴五十秋,世上若无花共酒,三岁孩儿白了头。

陈县令:苏员外满怀遗憾,刚才听的那首《十娘叹》没有风情吗?

苏员外:风情有余。

陈县令:没有韵味?

苏员外:韵味也好。可这些山村野妇,不能唱得契合心境,唱不出这曲里的哀怨。她们只关心风韵,不体会风情。过犹不及,过犹不及。要说风情,只有一人懂得。那就是秀娘。不知道为什么,我只在街上见过一面,就觉得《十娘叹》若从她口中唱出,才是性情和雅致的。

陈县令:秀娘……说到这秀娘和《十娘叹》,倒让我想起一个人。

苏员外:想起谁?

陈县令:恍惚是,又恍惚不是,我要回去想一想。先不说这个,苏员外,院试将近,本县礼房收录了有资格的童生名单,我看那些捐资入监者,有不少是你举荐的。

苏员外:穷人要功名,有了功名就不再受苦受穷。可功名是白来的吗,国子监是随随便便进的吗?朝廷允许捐资入监,他们没银子,我就放他们一点小利。

陈县令:我看还有那个高中举?

苏员外:这个高中举,我打算借他一锭金子,算了三分利。陈大人,他们借了我的钱,都流到你那里去了。

陈县令:不是我,不是我。

苏员外:陈大人,你我心里都明白,什么东林党,什么阉党,还不都是拿钱办事。

陈县令:我以前误入东林,现在跟随魏忠贤的侄子——宁国公魏良卿,真是深有体会。每到春闱,礼部各位主事都要亲自过问,其实这捐资入监的银子,还不是流入他们的口袋。这次盐船沉没,盐使司让我们严查散落在民间的官盐,说有千斤之多,还要追究属地之责,而这些盐上船时有多少,怕连百斤都不足吧?他们豁出胆子把自己的船弄沉,就是为了贼喊捉贼,脏手拿赃。

苏员外:世风如此,你我只能顺势而为。

陈县令:世风!苏员外,我倒喜欢和你说话,官话太假,你的话太真。

苏员外:陈大人的话也很真。

陈县令:在下自小家境贫寒,埋头苦读多年,总算出人头地,在官场摸爬这几年,才知道原来书里写的,全是胡言乱语。世上看不起经商之人,而我却认为官和商乃是同路之人。

苏员外:哦?请陈大人赐教。

陈县令:做官就是做买卖。县令做县里的买卖,皇帝做江山的买卖。

苏员外:陈大人真是看透了。

陈县令:何止是我,哪个读书人没有看透?不看透,哪来这么多捐资的监生?每年放榜,桂花飘香,谁又想到这是朝廷的生意!

苏员外:陈大人,你醉了。

陈县令:众人皆醉我也醉……苏员外,改日再来听《十娘叹》,这性情和雅致,唉,只能去梦里消磨。告辞。(隐去)

高中举:(上)世上万般皆下品,思量唯有读书高。我高中举穷经皓首,只为金榜题名,无奈几年来屡屡不准考试。思来想去,是没有向陈县令交纳谢金。唉,读书人没有一技之长,只会做官,钱财铺路乃是不齿之事,可没有银子简直要了读书人的命。算了,狠下心来,路是黑的,要这眼睛也没什么用。苏员外答应借我一锭金子,我取了来送陈县令去。苏员外可在?苏员外可在?

苏员外:高中举。

高中举:苏员外,借据写好,我来拿金子。

苏员外:好说,难得这一笔上佳的小楷,真是锦绣文章,我给你算十分利。

高中举:十分?上次明明白白说的是三分。苏员外,这一锭金子合五十两银子,十分利我真还不上啊。

苏员外:那就来年再考。

高中举:高中举耽误不起。

苏员外:高中举,你的眼界要跨过那锭金子,前途如花似锦,鲜衣怒马,不要计较这几分薄利。

高中举:我先前跨不过去这脸面,如今狠着心跨过去,可又跨不过利钱了。也罢,我不要做官了,我回去将书也烧了火……可是我还要做官,中了举才能不纳税,我先借下钱来,卖了房屋田地还利钱……但我即便做了官,还不知要跨过多少屏障……也罢,我还是不要做官了,做人也做得清清白白……可身上是清清白白,兜里也是清清白白,连带儿子孙子等我老了骂我清清白白,哎呀,苏员外,我们明明说的是三分利!

苏员外:众人皆醉我也醉。高中举,你知不知道,别人都在背后叫你什么?叫你豆芽菜。

高中举:就因为我和妻子挑担卖菜?

苏员外:因为别的菜都是种出来的,只有豆芽菜是用水发出来的,豆芽菜不用种,不种,不中也。

高中举:你说我不中?

苏员外:没有我的钱你如何能中?

高中举:好好好!我受不得你侮辱!这次我定要中!金子我不向你借了,我回家另找办法。

第四场 祭灶

刘捕快：(上，拜祭)灶王爷，本姓张，一碗滚水三炷香，今年小子运不好，来年再请你吃糖。你保佑吧，大小神仙千千万，我最信灶王爷！呀，灶王爷下凡了！(跪)

秀　娘：(将一袋盐藏起)你用手扒开眼睛，我是秀娘。

刘捕快：日念夜想，秀娘……王大回家和你说了？

秀　娘：说得清清楚楚。

刘捕快：甚好甚好！可你不该在我祭灶的时候来，咱们颠鸾倒凤，不能叫灶王爷看见啊。

秀　娘：看见正好，让灶王爷给咱俩说点好话。

刘捕快：好好好，你也快跟灶王爷托付托付。

秀　娘：灶王爷，你跟着我受了一年罪，我也跟着你受了一年罪，去你妈的吧！

刘捕快：怎么骂上了？这不是坑我嘛！灶王爷保佑！

秀　娘：真佛只说家常话，我这么说灶王爷还高兴呢。刘捕快,不是你让我找你来?怎么倒一个劲和灶王爷说上话了。

刘捕快:你家王大太窝囊,不如从今以后,你对我好,火石配火刀。

秀　娘:我对男人可有手腕。

刘捕快:是软的,藤缠树;是硬的,杵磨针。我软硬都吃。

秀　娘:(没用力)先给你一巴掌! 这巴掌好是不好?

刘捕快:甚好甚好! 我不生气。

秀　娘:如果你每天对他好,只有一天没对他好,他就会恨你。

刘捕快:你对我好一天,我记一辈子。

秀　娘:再给你一巴掌! 这巴掌好是不好?

刘捕快:甚好甚好! 这手儿比刚才重。

秀　娘:如果你每天给他一巴掌,有一天不打,他就会谢你。你是要恨我,还是要谢我?

刘捕快:不要恨,要谢,要谢。你天天打我,一双肉巴掌把我打了开花儿才好呢!

秀　娘:(用力)那你用脸来接这巴掌! 刘捕快,这巴掌好是不好?

刘捕快:打得我晕头转向,眼冒金星。秀娘,你可下了狠手,我眼里流泪,口里流血,这副德性得罪灶王爷了!

秀　娘:我还啐你呢! 明明是你把散落的官盐拿来

私卖,却冤枉我家王大偷盐。你打也就打了,还要讹他一锭黄金,没有黄金,就要我人来。现在我人来了,刘捕快,你要对我怎样?

刘捕快:你打来打去耍着我玩! 我拿你去见王法。

秀　娘:好啊,灶王爷今天升天,你多拜拜他,让他多多保佑你。秀娘不怕见王法,秀娘一身皮囊,什么都没有,连灶王爷也不怕。

刘捕快:你不怕,你家王大也不怕? 他若拿不出一锭金子,秀娘,我定要告他官盐私卖,三巴掌换他下狱三年,秀娘,你打得好!

秀　娘:金子,等着我给你,刚才的三巴掌,你一起笑纳了吧!

刘捕快:我等你的金子! (下)

秀　娘:等着吧! 我索性叫上王大逃走了去!

【杜月娥上。

杜月娥:(放下菜挑)十娘?

秀　娘:(一惊,细观)月娥? 月娥,你怎么也到了洪阳县?

杜月娥:一年前我患了喘病,再也伺候不动那些官老爷了,他们才准许我从教坊落籍。一个书生肯收留我,我随他回家读书生活。平日挑担卖菜,刚刚来至婆家两个月,没承想遇到了你。十娘,我正发愁,我……我正想找人帮帮我……

秀　娘:当年要不是你借给我银子当做逃跑的路资,我也没有今天。你把愁事告诉我,我一定办到。

杜月娥：(打量)……十娘，你嫁了个什么人？

秀　娘：一个打鱼、磨豆腐的手艺人，名叫王大。

杜月娥：……你帮不了我了。

秀　娘：你又没说，怎么知道我帮不了？就是你要几两银子，我也可以拿出来。

杜月娥：算了，十娘。

秀　娘：你就说吧。

杜月娥：说不出口。

秀　娘：那我不管你了。

杜月娥：十娘！

秀　娘：说。

杜月娥：……你从京城走的时候，我把所有的存项给了你。大概有五十两银子吧？

秀　娘：足足有，但是月娥，我给不了你那么多。那年我乘船逃出京城，不幸遭遇强风，船翻物沉，我被大水冲到了洪阳县，遇到打鱼的王大救了我。这世上我只剩下了我自己，其余一切都被大水卷走了。

杜月娥：十娘，你误会了，我并不是想要回来。我家的穷书生，名叫高中举，读书受气，连考试的名额都拿不到手。听说要一锭金子作为谢金，才可以列为候选，可是那苏员外高利盘剥，我家高中举无可奈何。今天我见到你，除了高兴，也想到你可以帮我。但我看你的样子，我又说不出口。

秀　娘：月娥，这个穷书生是不是真心对你？

杜月娥：对我十二般真心。

秀　娘：好姐妹，这一锭金子的事，你容我想一想……

杜月娥：你就当我没说。

秀　娘：你对我除了情，还有恩，只是，你容我想一想……

杜月娥：别提什么恩，在京城时，仍是你照顾我的时候多。官老爷们欺负我，打我，把咱们当玩意儿，都是你为我出头。十娘，你别再为我费心，当我没说，咱们离开了那个地方，就是为了当个人，我已经很知足了。

秀　娘：好月娥……

杜月娥：我先走了，十娘。

秀　娘：月娥，留神你的身子，金子的事，我来办。
（下）

【秀娘踌躇，彷徨。

秀　娘：还没想好怎么打发刘捕快，杜月娥的事又来了。秀娘啊秀娘，杜月娥对你有恩，你不能逃了，可你到哪里去寻金子？

【陈县令上，他已脱去官服，换作粗衣。

陈县令：十娘？

秀　娘：我不叫十娘，我是秀娘，你认错人了。

陈县令：人都说王大愚笨，没想到他能娶到京城教坊的名角。

秀　娘：教坊？满嘴胡言。

陈县令：苏员外说起《十娘叹》时，我才猛醒，难怪我看你眼熟，原来洪阳县的秀娘就是京城的十娘。

秀　娘：你是谁？喝完了酒来说醉话。

陈县令：我是本县陈县令，特意换了身粗衣来和你说话，以免惊动旁人。十娘，钟鼓司的掌印太监是我干老，掌管宫内杂戏和京城教坊。几年前我同他去教坊吃酒，你在一旁陪唱《十娘叹》，乃是我亲眼得见。早听说这曲词出自你手，想不到竟能从教坊流传至乡间之处。十娘，你好本领。

秀　娘：十娘也好，秀娘也罢，陈县令，话到嘴边，都秃噜出来吧。

陈县令：十娘，我把你当知音。

秀　娘：知音？

陈县令：《十娘叹》铿锵细腻，婉约之处如丝丝细雨，激荡之处如珠玉落盘。叹的是无情，说的是境遇。但在无情之处动情，在境遇渺茫之处点亮了荧光。《十娘叹》流传在坊间，长年不衰，就是原因所在。不知道我这么说，算不算十娘的知音？

秀　娘：唱的都是十娘当年的真情实感。

陈县令：看来我还不是不着边际。十娘，我想请你为我也写一首曲子，我将曲子送至钟鼓司，让歌女们在坊间传唱。礼部官员和应试举子最喜欢流连于教坊，这首曲子能在他们之间流传，算是为我扬名了。

秀　娘：陈大人想把这曲子叫作什么？

陈县令：就叫《县令赞》。

秀　娘：这种世道你还要留名？

陈县令：人活一世，草木一秋。世风越坏，越要用道德来救场。

秀　娘：你都看得明白,却还逃脱不了。陈大人也是通过正途考取的功名,何不自己动手?

陈县令：做官有做官的习惯,自己说的不信,写的也不信,习惯了不信,哪里还写得出文章。

秀　娘：秀娘这几年疏于音律,对以前的事更是忘了不少,你要的曲子,恐怕我写不来。

陈县令：你做不来,我就叫一匹快马,去京城钟鼓司查查。如果你是逃出来的,那就还没从教坊落籍,没有落籍,你就还是官妓。

秀　娘：看来我从了良,你们也不会把我当人。当年大户抄家,女眷入妓,女人生来就不是东西。

陈县令：你不想叫王大知道你的过去吧?

秀　娘：陈大人真是我的知音。

陈县令：你若写出来,我绝不跟王大讲半个字,还保证你的锦绣前程。否则,纸包不住火,我再给你加派一锭黄金的税赋。可是我又真担心,打鱼、磨豆腐,你几十年能交得出呢?

秀　娘：你们这些官绅不用纳粮,可税法不管怎么变,最终都是加。

陈县令：要怪就怪世道。

秀　娘：不错,世道,我逃到哪里也逃不开。

陈县令：十娘,人情浇薄,我只能对你用这些手段。还希望你帮帮我,我给你施礼了。

秀　娘：陈大人一会儿软话,一会儿硬话,文武双全。我想问问,是不是写出你要的曲子,万事皆休,写不出来,秀娘不仅没脸做人,还要掏与你一锭金子?

陈县令:不错。

秀　娘:好,我自然要做于我有利的事。

陈县令:你可不要想着再逃了。前一脚繁花,后一脚渊谷,秀娘小心才是。

秀　娘:陈大人多虑,世上根本没有我的立足之地。

【陈县令下。

秀　娘:又是一锭金子。刘捕快,杜月娥,陈县令……三锭金子,好,该给的给,该还的还!灶王爷,你年年上天言好事,可却没降来吉祥。

第五场　笑话

李八趟：(上)有钱的坐着轿,没钱的忙来到;有钱的一瞪眼,没钱的吓一跳。你说怎么那么巧,越是世道艰难,越是有人听笑话看戏;朝廷越是没能耐,越是让小民们听话。听笑话人多好啊,我觉着我要发财。

虔　婆：(上)发财好,我这儿的姑娘也紧俏。

李八趟：这是秦楼楚院的虔婆,姓赵,可没人称呼她的姓,都只叫她虔婆。

虔　婆：这么叫不大受听。李八趟,我约你给姑娘们去讲笑话。

李八趟：上巷子? 那有我李八趟的便宜没有?

虔　婆：便宜没有,换你一个笑话。

李八趟：我号称笑话篓子,还有我没听过的笑话?

虔　婆：我说的就是洪阳县的事。三寸丁谷树皮,招的能是什么蜂,引的又是什么蝶? 傻王大娶了俊媳妇秀娘,如今秀娘不和他过啦! 她在我这儿搽了粉,描了眉,鬓上插花,小嘴涂红,大茶壶伺候着。

李八趟:良家下海,这是个好笑话!我跟你上巷子!

虔　婆:那边王大来了,要让他知道,非搅了我的头牌!

王　大:(上)披红挂绿,人影恍惚,这头一股胭脂气,这头一阵酒肉香。王大长这么大没进过这种地方,虔婆,你要的豆腐,我给你挑进去。

虔　婆:王大!放这儿吧。

王　大:太沉,老娘们有这力气?

李八趟:王大,最近你也不去听我讲笑话,我可想你了。

王　大:秀娘不叫我去,她回娘家这段日子,不叫我到街上逛,不叫我听人家说闲话,只让我闷头打鱼,低头算账。虔婆,豆腐放这里,不用我的话,八个大子儿我走人。

虔　婆:(付钱)王大,用心数数。

李八趟:王大,我问你,秀娘回娘家有什么急事?

王　大:她娘家哥哥风寒不治。

李八趟:你见过她哥哥?你怎么不跟着去?

虔　婆:(向李八趟)你少撩拨着问他。王大,你快回家。

王　大:问问怕什么,问我就答。她娘家人我没来得及见过,不过她以前说过家里没人了,不知道为什么又多出个哥哥。大概是叔伯兄弟,她不叫我打听,我就不打听。

李八趖:她说什么你都信?

王　大:自然都信。

李八趖:她要是和你逗着玩呢?

虔　婆:(向李八趖)豁牙烂嘴,我拿针把你的嘴缝上。王大,早早回家去吧。

王　大:我就走。

李八趖:(追问)秀娘要是和你逗着玩呢?

王　大:她又不是讲笑话的。李八趖,等秀娘回来,我再去听你的笑话。我可喜欢你的傻劲儿了。

虔　婆:王大,如果有人和你讲秀娘的损话,可不能往心里去。

王　大:那不行!谁说秀娘不好,王大找根棍子,准保打他头上两个包。(下)

李八趖:这根呆木头!

第六场　旧业

【虔婆随秀娘上。

虔　婆：谭公子等了一个时辰,他舅舅是京城的言官。

秀　娘：你就说我嗓子没在家,唱不了。

虔　婆：孙大人是给魏忠贤建祠修庙的专管。

秀　娘：你说我身子不舒服。

虔　婆：还有位正四品的知府。

秀　娘：你快让他走吧,当心言官的外甥参他。

虔　婆：好,你真是我的头牌!秀娘,你在这儿吃,在这儿住,我养得起,可你什么时候出去见见人?我养我妈她还帮我烙张饼打碗汤呢。

秀　娘：这些有权有势的大老爷,能叫你挣着钱吗?讹住了你,全是白吃猴。

虔　婆：这个道理我懂,可你贵的不见,穷的不理,什么时候算开张?要不你说个日子,你也痛快,我也沾光。

秀　娘：不是我不见，是他们摘不动我的牌。

虔　婆：喝花酒就要三锭金子，谁能摘得动？我的秀娘，干咱们这个，哪个姑娘是天生愿意来的？这是自个儿的命，命，谁说跨就跨得过去？可我疼你，谁又疼我？

秀　娘：虔婆，日子到了我准还你人情。我刚听有个姑娘唱《十娘叹》，唱到我心里了，我难受。

虔　婆：别难受，干净饭咱们吃不着啊！你瞧瞧我，这么大岁数了，保得住身子，保不住面子，见人就得赔笑。你说我入错行，是我自己入的么？屯田兼并，流民遍野，爹妈不卖我，自己都活不了。行了，谭公子、孙大人，我先给他们开一桌。那个杜月娥，我叫她走人。

秀　娘：杜月娥？

虔　婆：也是个美貌的坯子，在巷子里等着呢。

秀　娘：烦你叫进来。

虔　婆：不见男的见女的？

秀　娘：别麻烦了，我出去说话。

【虔婆下。

【秀娘出。

秀　娘：月娥？

杜月娥：十娘，没想到你真的又走进了这个门儿。

秀　娘：那怎么办，王大养不活我。

杜月娥：那我们当初为什么拼了命要逃出来？十娘，这回头路一脚水一脚泥，走不得。

秀　娘：月娥，你我都嫁了人，不用再彼此管着谁。

杜月娥:你可以不管我,但你不为王大想想?他要是知道你的身子不干净了,他——

秀　娘:月娥,咱们都不干净吧!

杜月娥:你总不能只为你一个人想。我帮着你逃出来,眼下你又走了回头路,何必白费力一场。秀娘,当初的苦你都忘了?

秀　娘:我没忘当初的苦,可我也看得见眼下的难。你家高中举迟早能捐个功名,你们二人晚上吟咏歌唱,也算是情趣。我家傻王大一辈子也是打鱼、磨豆腐,这种无趣的苦,还比不上虚妄的乐。月娥,不如趁着青春年华,我们再快活几年,你若有心,我做引荐。

杜月娥:十娘,你一夜之间就变了个人。

秀　娘:是人还不是鬼。

杜月娥:好自为之。(欲走)

秀　娘:月娥,当初你借给我的路资,是你情我愿,彼此不相欠吧?

杜月娥:早知今日,我不如攒下钱来给高中举,也不会竹篮打水一场空。

秀　娘:你给了高中举,怎知不是一场空?

杜月娥:既然这么说,你还是把钱还给我吧。

秀　娘:我哪里有钱。就是有……月娥,你我在教坊做了那么多年姐妹,还不知道逢场作戏的道理?有钱是朋友,财散变陌路。你愿意把钱花在我身上,白纸黑字可写明了字据?

杜月娥:没有字据。

秀　娘：可有旁的证人？

杜月娥：也没旁的证人。

秀　娘：那不就得了。你呀，就当五十两银子打了水漂吧！

杜月娥：好，不怪你心肠狠毒，怪我自己有眼无珠，这钱我当真是要往回要的了。咱们官衙里见。

秀　娘：你要递状子告我？

杜月娥：告。

秀　娘：告我什么？

杜月娥：侵财不义。

秀　娘：一拍两散。

【杜月娥下。

【内虔婆声：秀娘哪里去了，又有贵客摘牌！

秀　娘：什么人？

虔　婆：（内）贵客苏员外。

秀　娘：可是洪阳县的苏员外？

虔　婆：（内）错不了。

秀　娘：挑开门帘，温壶好酒，秀娘见客。

第七场　花酒

【虔婆引苏员外上。

虔　婆：苏员外，要不说你贵人有福，那么多人想摘秀娘的牌，单单还是你和她有这个机缘。

苏员外：秀娘今天愿意见客？

虔　婆：哪有客，自打来了我这儿，她始终没见过人，苏员外是第一把交椅。

苏员外：这就叫千呼万唤始出来。你这里莺花虽多，都是庸脂俗粉，唯有秀娘不娇不傲。我问你，刚才那首《十娘叹》，可是出自秀娘之口？

虔　婆：不是她是谁！她说话时插科打诨，唱曲时苦闷哀怨，也不知哪个是真的。

苏员外：这叫犹抱琵琶半遮面。

虔　婆：真雅！你雅，她也雅，苏员外稍候。（下）

苏员外：千呼万唤始出来，犹抱琵琶半遮面。

秀　娘：（持酒壶上）转轴拨弦三两声，未成曲调先有情。

苏员外:"有情",好!见秀娘一面,还要过五关斩六将,"有情"两个字,让我知足,没有枉费力气。

秀　娘:洪阳县号称黄土苏家,见着黄土地,甭问就是苏员外家的。

苏员外:穷人卖田卖房,总要有人帮他们。

秀　娘:苏员外是大大的好人。

苏员外:秀娘,我知道你与那些庸脂俗粉不同,你一定有不得已的苦衷。来,咱们先喝一杯酒再说,秀娘赏脸。

【二人喝酒。

秀　娘:王大粗鄙不堪,一年如十年。熬得住人,熬不住心。

苏员外:秀娘谈吐雅致,必定通音律,晓诗文。我预备先和你谈谈诗文。

秀　娘:苏员外请。

苏员外:葡萄酒,金叵罗,吴姬十五细马驮。

秀　娘:青黛画眉红锦靴,道字不正娇唱歌。

苏员外:玳瑁筵中怀里醉。

秀　娘:芙蓉帐底奈君何!

苏员外:秀娘对李太白很熟悉啊。

秀　娘:苏员外,你这是谈诗文,还是谈风月?

苏员外:兼谈,兼谈。我再请秀娘一杯酒。

【二人喝酒。

秀　娘:苏员外,李太白是不是个大大的诗人?

苏员外：自然是，千古诗仙。

秀　娘：这位千古诗仙端起葡萄酒，钻进芙蓉帐，有没有想过那个十五岁的小姑娘，到底为何沦为侍女？她画着黑眉，穿着红靴，但家境如何？又为何唱歌？她唱歌的时候，心中究竟想着谁，是苦是甜？

苏员外：这个……商女不知亡国恨，隔江犹唱后庭花。

秀　娘：这个杜牧之也不像话，他说歌女无知，连亡国恨都不懂，难道陈后主是叫女人唱亡了的？灯红酒绿的金陵秦淮河，恐怕从来也不是歌女的天下吧？

苏员外：这个……我们说诗文，怎么扯到了亡国？秀娘，我再请你一杯酒。

【二人喝酒。

苏员外：真是烈到心的好酒。

秀　娘：酒是烈酒，可别凉了你的心。

苏员外：秀娘，见你一面，心有戚戚，我家业殷实，不如给你买下个宅子，我们好来日方长。

秀　娘：三杯酒下肚，苏员外不谈诗词了？

苏员外：我见秀娘洒脱，何苦再熬人伤心，熬心伤情。王大怎么懂得了你？这场花酒，不能当作没喝呀。

秀　娘：的确不能当作没喝。你我谈了一夜情致，既然来日方长，苏员外，日后你名下的良田府院，可有秀娘的份儿？

苏员外：可以没有儿子的，不能没有秀娘的。

秀　娘：苏员外，喝酒。

苏员外:请你一杯。

【二人喝酒。

秀　娘:你收租放贷的利钱,可由秀娘把握?

苏员外:你就是我的智囊管家。

秀　娘:苏员外,喝酒。

苏员外:请你一杯。

【二人喝酒。

秀　娘:我这就去收拾细软。

苏员外:我耐心等待。

秀　娘:苏员外,你摘了我的牌,这场花酒的钱,虔婆和你说过么?

苏员外:三锭金子。你我已成定局,何必还纠缠这花酒钱。

秀　娘:一桩是一桩。

苏员外:好,拿去!

秀　娘:等我。

【苏员外醉倒。

第八场　失踪

李八趱:(唱)招来嫦娥齐咏贺,瓜子花生给得多。我给各位讲的这段笑话,名叫《全德报》,说的是高桂英和石守信,高桂英是位小姐,她爸爸叫高怀德——咦,这不是苏员外吗? 苏员外!

苏员外:我请你一杯。

李八趱:别喝了,天都亮了,我这儿讲笑话把您讲出来了。

苏员外:天亮了? 秀娘呢?

李八趱:秀娘不知道,我就认识我师娘。

苏员外:虔婆,虔婆!

虔　婆:(上)活着不孝,死了瞎闹。大清早就嚷,谁受得了,呀,苏员外!

苏员外:我问你,秀娘呢?

虔　婆:她昨晚回来收拾了包袱,说跟你过日子去啦! 刚我路过她的雅间,东西全无,人也没在,不是你带走了?

苏员外:我问你要人。

虔　婆:我还问你要人呢。

苏员外:我要告你以色骗财。还我三锭金子!

虔　婆:我告你拐带人口。还我的头牌!

苏员外:你跟我走。

虔　婆:你跟我走。

苏员外:(同)上县衙!(下)

李八趟:这是起了内讧了,我接着给您说,高桂英有位义父叫窦燕山,高怀德有位义子叫高彤——

【刘捕快抓王大上。

刘捕快:王大,你拿不出一锭金子,我抓你去见官,告你官盐私卖。

王　大:我不理你,秀娘没回来,只叫我闷头打鱼,低头算账。

刘捕快:没听苏员外嚷吗,秀娘坑了他三锭金子卷款而逃。

王　大:你冤枉了我,还要冤枉秀娘!

刘捕快:我挨了仨嘴巴,也受着冤枉呢,走!(下)

【一通鼓响。

李八趟:有人擂鼓!我听听!

【又是一通鼓响。

李八趟:听见了。擂鼓人说的是,高中举代杜月娥状告十娘侵财不义。十娘是谁?难道是秀娘?这没准是个好笑话,我快瞧瞧去吧!

第九场　见官

【杜月娥、高中举上。

杜月娥：你擂的什么鼓,我说说气话罢了。

高中举：原来秀娘本叫十娘。你不说我不知道,知道了就把钱要回来,我好考试做官。

杜月娥：我就当五十两银子打了水漂。我不念十娘的今日,也要念她的昨日。

高中举：你想想明日。我送给陈大人一锭金子,明日我红榜高中,顶戴花翎,你高兴不高兴?再说本来就是她欠你的。

杜月娥：我还是不想告她。毕竟她是我的姐妹。

高中举：我是你的丈夫！行啦,我代你告。(擂鼓)

【陈县令上。

陈县令：这站班皂隶喝酒,捕班快手赌博,就剩我一个光杆司令啦！怎么回事,何人击鼓?

高中举：高中举代杜月娥状告十娘侵财不义！

【苏员外和虔婆抢上。
【苏员外擂鼓,虔婆擂鼓。
陈县令:又是何人击鼓?
苏员外:陈大人做主,虔婆伙同秀娘以色骗财。
虔　婆:陈大人明察,苏员外拐带人口。
陈县令:拐带何人?
虔　婆:秀娘。
高中举:我要告十娘。
苏员外:我要告秀娘。
陈县令:哪个秀娘?
苏员外:渔夫王大的老婆。
陈县令:嗯?苏员外没告错人?
苏员外:没错。
陈县令:那……十娘又是何人?
高中举:也是王大的老婆,十娘是她在京城的名字。
苏员外:请陈大人快去拿人。
高中举:请陈大人快去拿人。
陈县令:(白)看来纸里包不住火啦!刘捕快,上街拿人!刘捕快!
【刘捕快抓王大上。刘捕快擂鼓。
刘捕快:陈县令,我也要告人。我要告王大官盐私卖!
陈县令:哪个王大?
刘捕快:就是秀娘的丈夫。

陈县令：全乱套了！王大一案,杜月娥一案,苏员外、虔婆一案,都与秀娘有关。三案并审,捉拿秀娘！

【秀娘上。

秀　娘：不必捉拿,秀娘来了！

王　大：秀娘！

苏员外：秀娘,你见利忘义,还我钱来！

秀　娘：苏员外,我昨晚陪你谈诗论文,话也说了,酒也吃了,这花酒钱怎么是骗的?

苏员外：可我们说好来日方长,你这不是撩拨着人玩吗?

秀　娘：你说什么?

苏员外：来日方长！(意识到走嘴)

秀　娘：苏员外,你们有钱的用钱开路,(指刘捕快)有权的拿刀护航,秀娘拼来拼去就一具肉身,容我一桩桩地办妥吧！

陈县令：秀娘,你要给大家交代。

秀　娘：在这公堂上给大家交代,正是秀娘的夙愿。刘捕快,你先诬陷我家王大官盐私卖,若不交这一锭金子,就要将他发配边疆,这是不是实情?

刘捕快：你敢乱言。我秉公执法,何来诬陷?

秀　娘：中饱私囊,也算秉公? 以暴欺民,也算执法?

刘捕快：胡说……我……我行得正走得直,灶王爷都看在眼里。

秀　娘：你用脸接过我三巴掌,灶王爷也看在眼里。(小声)刘捕快,你最信灶王爷,从来不看灶王爷的屁股吧?祭灶那天,我把盐藏在你家灶王爷后头了,布袋上还有个"官"字,可别等陈县令带人去查。(拿出一锭金子)

刘捕快:我……真是最毒不过妇人心……我没要这锭金子,没要这锭金子!(下)

秀　娘:不要了?我收起来。月娥……我昨夜言语有失,实在是迫不得已。你的恩情我一定要还,(拿出一锭金子)这锭金子,给你家高中举,希望他金榜题名。

杜月娥:十娘,我误会你了。

高中举:这回我能考试了。陈县令,这是我的谢金。

陈县令:给我干什么!拿走这脏东西!

高中举:嘿,这时候他又不要了。

秀　娘:高中举,你喝过墨水,认识几个大字儿,是非曲直不用我说。可读书人若不明辨,捐了功名又有什么用?今日你交谢金,来日你做了官,又要向别人收取谢金,循环往复,岂不是公正全无?官官相护,欺民害民,你还想为他们效的哪门子力?

高中举:你一语点醒了我,他人守不住,读书人要守得住。

虔　婆:嘿嘿,我看最先守不住的,就是读书人。

高中举:虔婆调侃了。高中举不要这锭金子了。

杜月娥:你早就不该惦记着做官。

高中举:以后我写写笑话,听听曲子,这狗屁世道,家国天下跟我又有什么关系。此次做事真是难为情,高中举不告了。走，月娥。

杜月娥：十娘……月娥有难，每次都是你帮忙。

秀　娘：好妹妹，十娘还是原来的十娘。（向高中举）高中举，照顾好月娥。

【高中举、杜月娥下。

秀　娘：陈县令，我再给你一锭金子。

陈县令：我要你这金子做什么？

秀　娘：你曾说，我写不出《县令赞》，你要加派我一锭金子的税赋，如今金子在手，交给你吧。

陈县令：你侮辱本官。本官是有名的青天，穷不堕志，安贫乐道。我不要你的金子。

秀　娘：也不要了？好，这三锭金子，一锭救王大的命，一锭报月娥的恩，一锭助我自己，我都还给苏员外。苏员外，葡萄酒，芙蓉帐，这三锭金子还给你，秀娘想买回自己陪你喝花酒的尊严。虔婆，秀娘也是毫无办法，才借你的地方演了出戏。我等着他们来告我，才有机会将这些事办妥，才有机会吐吐心里的苦水儿。

虔　婆：我在风月场见识了各类女子，真是服了你，头牌！（下）

秀　娘：苏员外，你还要不要来日方长？

苏员外：金子到手，我也不告了。谁要与你来日方长？！秀娘，你不过是个歌妓！

王　大：你说谁是歌妓，王大打破你的头！

苏员外：哎呀！粗人！等我回家买去你的地，买去你的房！（下）

陈县令：放肆！秀娘，你诬陷本官，本青天不与你计较，什么《县令赞》，什么金子，我一概不知。念你女流之辈，本青天宽恕了你，但你家王大是否官盐私卖，还要深查，今日滋扰公堂，我可是看在眼里。秀娘，王大愚笨，难免平日受你教唆，听说你在京城曾做歌女，唱曲卖身，伶牙俐齿，不如将你在秦楼楚院的事，讲给他听听。你给他数一数，陪过多少大人，伺候过多少钟鼓司的老爷。

王　大：什么唱曲卖身，秀娘不是那样的人！你是个老爷，你要不是老爷，王大就在这儿和你拼上一条命。

秀　娘：王大，不必理会他。

陈县令：你问问她，她还是个没有落籍的官妓！

王　大：官妓，秀娘……

秀　娘：王大，我已经在江边备下小船，你去江边等我，我们离开洪阳县。

王　大：秀娘，他说的是不是真的？

秀　娘：王大……

王　大：你知道王大就信你的。秀娘，你告诉我。

秀　娘：（默认）秀娘不能骗你。

王　大：王大不信，王大记得秀娘说，闷头打鱼，低头算账。秀娘不叫我听别人的闲话，不叫我听笑话……（下）

秀　娘：王大！

陈县令：秀娘，你这又是何苦。

秀　娘：陈大人，秀娘本打算将这一切写封诉状，但想来也不必了，朝廷之弊加上人性之恶，已是恶贯满盈。以秀娘在京城所见,满朝文武都是生意人。秀娘没有本钱做买卖,只能自己想法子弄来这三锭金子。

陈县令:你咄咄逼人,为何非要与大家撕破脸。好了,你若写得出《县令赞》,今天的事,永不再提。

秀　娘:陈大人,《县令赞》我写不出,倒是临时想出一篇《十娘赞》,你想不想听?

陈县令:这《十娘赞》是《十娘叹》的姊妹篇吗?你说来听听。

秀　娘:你听着!

一赞手无黄金志气短,

二赞明镜高悬白银堆成山,

三赞前途路上知己少,

四赞腹内草莽着绸缎,

五赞忠厚老实小人缠,

六赞良心飞在天,

七赞朗朗乾坤难见日出面,

八赞官昏民乱你争我夺张弩拔剑,

九赞方圆乱来规则潜,

十赞从良难难难!

陈大人,秀娘无论如何,还想着从良,你呢?(下)

陈县令:呀,这《十娘赞》唱得我心惊肉跳,一个官妓竟敢说这样的话! 她说,她还想着从良,我呢? 想想我这些年……我怎么敢想? 从善如登,从恶如崩。都说善恶到头终有报,只争来早与来迟,可是人人都醉着,我又如何能醒? 难道醒来做无路可走之人? 醉着辛苦,醒来要

痛,我是一条苦虫,陈县令啊,你读书做官,仍是一条醉着的苦虫!(隐去)

第十场　江边

秀　娘：王大，王大！快随我上小船！

王　大：关门闭户，再也不见。

秀　娘：王大，你我远走他乡吧，我们在这里待不下去了。

王　大：你唱曲卖身。

秀　娘：可是我有情有义，不都是为你？

王　大：你唱曲卖身。

秀　娘：你就不想想，我对你掏着心窝的好？我为你浆洗缝补，饿了添饭，冷了添衣，我可说过一个"亏"字？

王　大：你唱曲卖身。

秀　娘：(叹)秀娘当年有三不嫁。一不嫁官，廉洁立毁怪红颜，没担当；二不嫁士，满口酸腐做文章，没气量；三不嫁商，商人重利轻别离，没心肠。人都说忠厚传家远，诗书继世长，我家王大唯缺诗书，但有的是忠厚。

王　大：你唱曲卖身！（下）

秀　娘：天下真没有我秀娘可去之处了。千辛万苦,又没工夫,终朝头也不曾梳……这江水滔滔,不知能否还秀娘清白？

李八趟：(上)莫急,莫急！上面无赖有文化,下面傻子认死理。说了半天是个笑话,这么活着是个笑话,这么死了也是个笑话,这天下不就是个大笑话吗？你呀,你随我给人家说笑话去吧。大家一笑,咱们的苦楚也就忘了。

秀　娘：我是个笑话？

李八趟：谁又不是？（唱）远观山有色,近听水无声,春去花犹在,人来鸟不惊……

【剧终。